集英社オレンジ文庫

推定失踪

まだ失くしていない君を

ひずき優

本書は書き下ろしです。

C O N T E N T S

推定失踪

まだ失くしていない君を

プロローグ

外は雨だった。日本人が言うところの、バケツの底が抜けたようなという比喩《ひゆ》すらまだ甘い。雨粒は大きく、まるで石つぶてでも降ってきているような勢いでアスファルトを打つ。

唐突にやってきたスコールは、同じように突然去るだろう。いつものことだ。

高架下にひしめく露店の陰《かげ》にしゃがみ込んだ少年は、膝《ひざ》を抱え、思い詰めた眼差《まなざ》しで雨に洗われる街を眺《なが》めていた。その顔立ちは、熱帯に位置するこの国の人々とは異なる。

色白の肌に、淡泊な目鼻立ち、くっきりとした一重まぶた――外国人に見えるが、身なりはいたって粗末なものだ。洗いざらしのTシャツに、はき古したハーフパンツ。足元のサンダルは、かつて凹凸《おうとつ》があったとは思えないほど底がすり減ってしまっている。

少年を目にした者はたいてい、その貧しげな佇《たたず》まいから、日本の男と情を交わした商売女の子供だと考える。そうやって生まれてくる日本人そっくりの子供は、この国では珍しくないためだ。

うち沈んだ様子で雨を見つめていた少年が、そのとき、耳をそばだてて身を固くした。

すべての音をかき消す雨の中に、かすかに彼の名前を呼ぶ声が交じったのだ。そして近づいてきた人の気配は、待つまでもなく、頑《かたく》なに下を向き続ける彼の視界の中へ現れた。濡れそぼつデニムの裾《すそ》と、女物のスポーツサンダル。そして自分と同じく色白な足の指。

しかし少年は動かずにそれを無視した。

「まだムクれているのか？」

やわらかなアルトの声が頭上から降ってくる。落ち着いた口調は、ひとまわり以上も歳《とし》の離れている余裕からか。返事をせずにいると、彼女は笑みを含んでつぶやいた。

「困った奴だな……」

すらりと細い外見に反して、その日本語は男の話し方に近い。

男のように話し、男のように豪快な性格で、男のように強く——しかし硬質な中に隠しようのない優しさを宿す眼差しや声は、まぎれもなく女のもので、雨に打たれてなお温かい彼女の手が頭を撫《な》でてくると、少年の胸はうずいた。

「ちょっと出かけてくる。少し帰りが遅くなるかもしれない。モレーニが心配するから、夕食の時間までには帰りなさい。——いいね？」

目の前にしゃがみ、目線を合わせてくる彼女の手首には銀のブレスレットが光っていた。不思議な形の十字架がついている。昔の男にもらったとかで、どんなときも外すことがない。

少年はそれから目をそらし、返事などするものかとばかり、口元を引き結んで黙り込んだ。

しばらくの後、彼女はこちらの頭に乗せていた手を引き戻す。その動きに合わせブレスレットも揺れた。

「さっきの……私の提案の意味を、おまえはいつかきっと理解する。だからそんな、この世の終わりみたいな顔をしないでくれ」

指先が、濡れて額《ひたい》にはりついた少年の前髪をかきわけ、彼女はそこへ軽く口づけてくる。愛情を示すとき、いつもそうするように。

「おまえは何も悪くない。すべては私の都合だ。それだけは覚えていてくれ。――いいね？」

彼女はそのときすでに、出かけた先で自分の身に起きることを正確に予期していたに違いない。しかしそんな素振りを少しも見せなかった。

だから少年は、下を向いたまま決して答えようとしなかった。額に触れた優しい感触すら恨めしく感じていた。

慢心していたのだ。今日言葉を交わした相手と、明日も会えるとは限らないということを、あれほど経験していたにもかかわらず。つかの間の平和な日々が、喪失への危機感をにぶらせていた。

やがて彼女は立ち上がり、踵《きびす》を返そうとする。気づけばそれを呼び止めていた。

「アキ……！」

相手がふり返るのと同時に自分も腰を上げる。しかし——子供扱いをするなと言うのも子供っぽく思えてしまい、ただ立ちつくす。

彼女は小さく笑った。

「いつまでもこんなところにいないで、暗くなる前に帰るんだよ」

言い置くと、勢いを弱めた雨の中へと去っていく。

全身を濡らして走る彼女の後ろ姿を、その後、少年は幾度《いくど》となく夢に見ることになった。

1章

1

「女性や子供が非合法に徴集され、戦場に駆り出されるようになったのは、ここ四〇年ほどのことです。現在では世界各地の武装組織で子供が日常的に兵士として使われています。兵士を集める手段は誘拐《ゆうかい》が多く、学校や遊び場など子供の集まるところへ武器を手に乗り込んでいき、トラックなどで連れ去るケースが目立ちます。また貧困も主な要因のひとつで、兵士になれば衣食住が保証されるという誘いに応じて、貧しい家の子供が自《みずか》ら入隊する事例もあとを絶ちません。

集められた子供達はテロや戦闘に利用され、最終的には成年兵士の盾として使い捨てられます。子供兵士の死亡率は、成年兵士と比べ極めて高いと報告されています。

現在、アジア・中東・アフリカ・南米各国で推定三〇万人もの一八才未満の子供達が、不当に武器を持たされ、軍事行動を強《し》いられています。私達はそういった子供達を保護し、教育と職業訓練を通して社会に復帰させる活動を行っております——」

有楽町《ゆうらくちょう》駅前の多目的ホール。千席以上ある客席は半分ほど埋まっている。お披露目を兼ねての初のシンポジウムとしては成功していると言っていいだろう。

遅れて到着した桐島偲《きりしましのぶ》は、客席後方の壁に背を預けて会場を眺《なが》めていた。

壇上でスピーチをしているのは、新しく設立された社団法人「チャイルド・イン・ピース・ジャパン」の代表に就任した女性だった。

母体組織は、英国に拠点を置き、誘拐あるいは強制的な徴兵によって戦争に駆り出される子供兵士の救済を目的とした国際的なＮＧＯである。実態を調査し、問題を抱える国があれば政府へ働きかけ、またすでに徴用されている子供達については、早急に保護し、社会復帰への支援をする。——昔、英国の本部で働いていた人間から説明を聞いたことがあるため、活動内容についてはよく知っていた。

ざっと様子を確かめて満足した偲は、防音扉を押して外に出る。パネルやパンフレットなどが展示されているホワイエも、今は閑散《かんさん》としていた。展示物を見るともなく眺めていると、ふいに横合いから声がかけられる。

「桐島さん」

ふり向いた先にいたのは自分と同じ年頃の女性スタッフだった。ひと通り仕事を覚え、それなりにキャリアを積みはしたものの、組織の中ではまだまだ端役《はやく》扱いで、いいように使われる世代だ。

「色々ありましたが、無事に設立にこぎ着けましたね」

控えめに労をねぎらうと、相手はほっとしたようにうなずく。

「ええ、おかげさまで。桐島さんには何かとお世話になって感謝しています」

「微力ながらお役に立ててよかった」

「微力なんて、とんでもありません！　本当にお顔が広くて、どんな問題が起きても、どこかに連絡するなり誰かに聞くなりして、すぐ解決されてしまうんですもの。こちらはお世話になりっ放しで恐縮するばっかりです」

まっすぐに感謝され、面《おも》はゆさに苦笑した。まるきり厚意でやったわけでもない。

仕事柄《がら》、様々な武力組織と関わる団体とつながりを維持しておきたいという思惑がひとつ。そしてごく私的な理由がひとつ――

「ところで、お願いした件ですが……」

はやる気持ちを抑えるようにして、偲はさりげなく切り出した。今日ここに足を運んだのは、ひとえにそのためである。

日本にチャイルド・イン・ピースの支部が置かれると聞いたとき、まず考えたのが、以前英国の本部で働いていた知人を捜したいということ。

この団体は活動の性質上、セキュリティに非常に気を遣っている。職員の個人情報は厳重に管理され、正攻法で訊《たず》ねたところで返答を得られないのが常だった。

相手の女性は心得たようにうなずく。

「月守亜希《つきもりあき》さんのことですね。英国の本部に問い合わせたところ、彼女は三年前にビサワンへ派遣され、そこで新しい支部を立ち上げたんだそうです。活動は軌道《きどう》に乗っていたらしいのですが――」

言葉尻《じり》をにごし、女性は言いにくそうに言葉を切る。

「昨年、失踪《しっそう》して……今は行方《ゆくえ》がわからないとか……」

「失踪……？」

穏やかでない言葉に眉《まゆ》を寄せる。その胸の内を示すかのように、ホワイエを照らす照明が一度、心もとなく明滅した。

2

ビサワンは、西太平洋上に位置する東南アジアの国である。日本とは一六世紀頃から交易関係があったこともあり、親日的な国家として知られている。

幸いなことに、駐日ビサワン大使館には知り合いがいる。以前仕事でビサワンの駐在武官と知り合った際、合気道に興味があると聞き、学生時代から自分が所属している道場を紹介したのだ。以来懇意《こんい》にしているので、多少の調べ物なら協力を期待できるだろう。

しかし霞《かすみ》が関《せき》の職場に戻り、自分の席の電話に手をのばした、まさにそのとき、上司から内線が入った。そっけない声は『ちょっと来てくれ』とだけ言って切れてしまう。

「何だろう……？」

「新しい懸案じゃないですかー？」

隣の席の後輩・瀬戸《せと》くるみが、鮮やかな色に塗ったくちびるに、いたずらめかした笑みを浮かべる。

「厄介事《やっかいごと》と書いて仕事と読むやつ。桐島さんの大好物」

「人聞きが悪いな」

「あら、ちがいます？　こう見えても人間観察は得意なんですけどね。セ、ン、パ、イ」

ふざけた口調で言い、余裕めいた流し目で見上げてくる。こちらが一瞬言葉を詰まらせると、彼女はくすくすと笑った。また遊ばれた。

「……僕も得意だよ。だから君が先輩を先輩とも思っていないことは、よく知っている」

「そんなことありませんよー」とますます笑う瀬戸を残して、偲はフロアの奥に向かった。

少女めいた明るさと、年相応の色気とを効果的に利用する術を心得た彼女は、この部署における重要な戦力の一人である。

『外務省　国際情報統括《とうかつ》官組織　調査室』。新庁舎九階に位置するその部署は、外交と並び外務省の大きな使命である情報収集において、重要な役割を担《にな》っている。とりわけ調査室は、公開情報の収集・分析を主とする他の国際情報官室と異なり、能動的な情報活動を行う特殊な使命を有していた。

各国の同業者や軍人、国際機関の職員、報道関係者、技術者らと随時《ずいじ》交流し、時には対価を払っての働きかけを行い、また時には懸念の発生した地に赴《おもむ》き単独で調査にあたる。自己責任による自己判断のもと、白とも黒ともつかないグレーの仕事を一手に担う。――調査室の呼称が人の口に上る際、どことなく隠微《いんび》な響きが宿る所以《ゆえん》である。

「桐島です。失礼します」

広いフロアの隅《すみ》。背の高いパーテーションで仕切られただけの個室の前に立つと、軽いノックのあとにそう断って入室した。

八畳ほどの室内には、執務机と観葉植物、それに応接セットがそろっている。所狭しと書類の並ぶデスクについていた稲田《いなだ》室長は、訪れた部下のほうを見ようともせずに言った。

「変な物が届いたよ。それ、君が処理してくれ」

「は……」

「それ」とは応接セットのローテーブルに置かれているファイルのことだろうか。偲は再び「失礼します」と断って、ファイルを手に取った。

一ページ目はメール画面のプリントアウトである。外務省のホームページ上に並ぶ見出しのひとつ、一般の質問や意見を受け付けるコーナーへ送られてきた英文メールのようだ。

送信元のドメインから察するにビサワンからか。誰でも投稿できるサービスであるため、それ自体はどうということもない。しかしタイトルが異様だった。

To Shinobu Kirishima

タイトルバーに記された自分の名前を、まじまじと眺める。そして本文もまた理解不能だった。

『キリシマシノブ　へ

昨年の件は残念だった。信じていただけに裏切られた思いだ。にもかかわらず、再び助けを求めなければならない事態が起きた。今日から三日以内にビサワンへ発ち、マプア市のアサラオ通りに住むセルヒオ・モラレスという人物を訪ねてほしい。「アキを迎えに来た」と言うだけでいい。

先だっては期待に応《こた》えてもらえなかったので、今回は保険をかけることにした。あなたには、人としての情よりも社会的な立場のほうが勝るようだから、私はあなたの大事なものを人質に取ろう。

日本という国のメンツを。

もし私の願いが聞き入れられないようなら、私は昨年の一件を各国のマスコミに洗いざらい暴露する。日本政府の依頼を受けて働いた者が、そして求めに応じて成果を出した者が、国としての保身の前にどのような扱われ方をしたのか、世界中が知ることになるだろう。

もちろん私はそのような事態を望むわけではない。だが必要があればためらうことはない。

私の手紙は燃やされたのか、それとも破って捨てられたのか。すべてをなかったことにしたつもりだろうが、私の失意がここにある限り、何度でもあなたに過去の罪を突きつけよう。

醜聞《しゅうぶん》を衆目にさらされたくなければ、私の指示に従わなければならない。今度こそ協力が得られるものと期待している。

マプアにて　A．ツキモリ』

「……アキ……？」

並べられた単語のひとつひとつは、まるで目に見えない石つぶてのようで、見当の付かない内容とは裏腹に、激しく攻撃的な感情を伝えてくる。先ほど耳にしたばかりの失踪の事実、そしてこの不可解なメールの内容に、頭の中を整理できないまま偲はつぶやいた。

「なんですか、これは……」

「それはこっちが訊《き》きたいくらいだ。まず確認しておきたいんだが、君はそのツキモリなる人物を知っているのか？」

「はい……」

口に出してから、自分の腑抜《ふぬ》けた声に気づき、思い直して付け加える。

「古い知人です」

「最近、連絡は？」

「取っていません。もう何年も音信不通です」

稲田はファイルへ顎《あご》をしゃくった。

「そのメールに何か心当たりは？」

「ありません。何のことを言っているのか、まったくわかりません。それに、ここに書かれている手紙というのも受け取った覚えはありません」

「そうか。……まさか本当に君の知り合いとはな」

苦みのまじった奇妙な言葉は、手元の書類に向けて発せられたため、その表情を窺《うかが》うことはできなかった。

「メールの後ろにある書類を読めばわかると思うが――」

上司の言に、偲はファイル内の書類をぱらぱらとめくって目を通す。在ビサワン大使館からの公電の写しと、それを受けて本省の領事局が作成したのであろう報告書だ。

「昨年ビサワンで邦人《ほうじん》の巻きこまれた誘拐事件があっただろう？」

「地方を視察中だったビサワンの与党議員が誘拐され、同行していた邦人の民間人も一緒に拉致《らち》された、あれですか？」

当時、日本国内で大きな事件が続いていたため、そのニュースが大きく取り上げられることはなかったが、職業柄いちおう小耳に挟んではいた。

「そうだ。昨年ビサワンの首都マプア市郊外で反体制武装勢力が、テロ撲滅を掲げる議員とビサワン政府関係者、及び邦人一名の計一三名を誘拐する事件が起きた。日本政府は人質の命を最優先に対策を講じるようビサワン政府へ申し入れたが、そこへ、軍が犯行グループを突き止め武力攻撃による解決を計画しているという情報が入った。事は一刻を争うと見た日本の対策チームは、武装勢力内にチャンネルのあった現地のNGO職員、月守亜希へ犯行グループとの接触を依頼。極秘裏に交渉《こうしょう》を行い、人質となっていた邦人の救出を果たした」

「彼女がそんなことを……」

「驚くか？」

「ええ」

混乱を引きずったままうなずいた。

「もちろん驚いてます。ごく普通の友人だと思っていた相手が、武装グループと交渉をしたなどと聞かされているのですから……」

正確には、彼女と友人だったのは、出会ったばかりのごくわずかな期間だ。すぐに深い仲に発展したのだから。

「だが、残念ながら事はそれで終わらなかった」

書類の隅に勢いよくサインを書きつけ、上司はようやく顔を上げる。

「数カ月後、同武装勢力に狙われていると、彼女から大使館へ保護を依頼する旨《むね》の要請があった。調べてみたところ、彼女は交渉中に知り得た犯行グループの情報をビサワン国軍に流した上、独断で他の人質まで逃がし、報酬《ほうしゅう》を得ていたことがわかった。もちろん身柄を狙われた理由はそれだ」

「言うまでもないことですが――」

慇懃《いんぎん》に前置きをして割りこむ。

「たとえどんな事情があれ、邦人の安全を守るのは我々の重要な責務です」

「その通り。もうひとつ付け加えるなら、彼女のパスポートは偽造だった。戸籍も存在しない。つまり彼女は日本人ではなかった」

本日二度目の爆弾が投下された気分で、偲は言葉を失った。衝撃の波が引いていくのを待った後、何とか声をしぼり出す。

「……それで？」

「大使館は彼女に、邦人救出を果たしたことへの謝礼を渡した。それ以降のこと――彼女のトラブルによる負債まで抱えこむ理由はないとして、要請は却下された」

「つまり危険の中に放置したわけですか？」

「責任を負う必要はないと上が判断した」

「たとえ彼女にそれを公表されたとしても世論は納得しますよ。――もしその判断が真実正しいものであるのなら」

自制の間もなく皮肉が漏《も》れる。

身の内で爆発的に膨れあがる怒りを抑えきれなかった。

つまり彼女のメールは、大使館があてにならないと知り、偲に直接助けを求めてきたということか。しかし「手紙」とは一体何なのか。

考え込んでいると稲田は机に肘《ひじ》をつき、組んだ両手の上に顎を乗せる。

「彼女から保護の要請があったのは昨年の九月だ。それが、五カ月もたった今になって君に糾弾《きゅうだん》のメールをよこした。――なぜだと思う？」

自分を睨《ね》め上げてくる上司の視線に、ざらりと神経をなで上げられるような感覚を覚える。

稲田は、偲が彼女と連絡を絶っていたという言葉を疑っているのだ。昨年の事件後もアキと何らかの接触があり、そこで二人の間に齟齬《そご》が生じたためにこの騒ぎが起きた――つまり、事はすべて省とはいっさい関係のない偲のプライベートによるもの――真実がどうであれ、上がそのように処理したがっているということは、容易に想像がついた。

仮に彼女が日本国籍を持たなかったとしても、国の要請に応じて尽力した人間を、危険と知りつつ捨て置いたなどという話が広まれば、不名誉なばかりでなく、この先外国人の協力者を確保するのが困難となる。省として、そのような事態を許すわけにはいかないのだろう。

ひとまず納得をすると、偲は手にしていたファイルを閉じた。

「個人的なメールはさておいて、このところのビサワンの政情不安については、現地での調査の必要性を感じていました。大使館からの情報は一面的で信用に足るとは思えません」

相手が言外《げんがい》に期待しているセリフをしおらしく言ってのけ、ファイルをテーブルの上に戻す。

メールの真意と狙いが気にかかるというのであれば、調査してやろう。詳細はわからないが、彼女が現在助けを必要としていることは事実だ。そのために、今はこの状況を利用しよう。

腹をくくり、偲は「ところで」と口を開く。

「事がこの報告の通りだとすれば、彼女のメッセージはあまりに一方的すぎます。私としては文面の糾弾に値する事情が、他にもあるのではないかと愚考する次第ですが……」

「真相は報告書に書かれている通りだ。それ以外にはない」

上から押しつけるような断言によって、何か――この奇妙なメールを悪質ないたずらですませることのできない事情が他にあることを確信した。そしてそれを知るために立ち向かわなければならないものを思って、目眩《めまい》を覚える。

一礼して退室しながら、メールの送り主を知っていると安易に白状したことを、つかの間後悔した。

3

二月の今は、旅行をするにも時期外れ。機内は空席が目立った。

窓際の席で、偲は手荷物のブリーフケースから取り出した書類に目を落としていた。渡航が決まってから便に搭乗するまでのわずかな間に、かき集めた資料である。

今ほど調査室に籍を置くありがたみを感じたことはない。外務省の職員としては日の当たらない道を歩いている。そのことにこうまで感謝する日が来るとは思わなかった。

胸中でこぼれた思いに苦笑する。

偲は、この国の近代化が始まった時代から、多くの身内を外務省に送り込んできた家に生まれた。当然の成り行きとして、国家公務員採用総合職試験に合格した上での入省を果たしたものの、親戚達のように華々しい出世街道を進む機会は与えられなかった。

他ならぬ親戚達によって人事に圧力がかけられたと、あとになって耳打ちされた。

理由として、おそらくは花柳界《かりゅうかい》に身を置く母が、父と法的な婚姻関係にないことがひとつ。

そして生来のマイペースさと好奇心が災《わざわ》いして、前例の踏襲と事なかれ主義が幅を利かせる役所勤めになじまなかったことがひとつ。

研修を終えて小国の在外公館に赴任《ふにん》した際、タブーをタブーと思わない独走で監督の上役を涙目にさせた末に日本に呼び戻され、家柄の信用を熨斗《のし》代わりに送り込まれた先が今の職場である。

　調査室の仕事内容は個人の力量に負うところが大きい。良くも悪くも横のつながりの希薄な部署で、リスクをすべて自分で負う代わり、比較的自由に動くことのできる環境は肌に合った。

　しかし長年培《つちか》ってきたスキルをもってしても、あの不可解なメールからアキの思惑を読み取ることは不可能だった。

（君は一体どんな事情を抱えてたんだ？）

ため息と共に手にしたままの書類を座席前のポケットに押し込むと、ふと思いついて手帳を開き、カバー裏にはさまれている写真を取り出した。

　写真の中のアキは、偲の左腕に自分の腕を絡ませて、笑顔をこちらに向けている。楽しげに輝く黒い瞳に、肩にかかるほどのセミロングの髪。鼻筋の通った顔立ちは、切れ上がったまなじりと相まってユニセックスな印象が強いが、自分にとっては世界一美しい顔だった。

　もともと偲は、母親の仲間である美しい芸妓《げいぎ》達にさんざん遊ばれて育ったせいか、いかにも女性らしい女性は苦手である。その点アキは、さばさばとした快活な性格で、一緒にいて心地よいと感じる希有《けう》な異性だった。

　写真の中、彼女の手首を飾るブレスレットは、むしろ心配になるほどしゃれっ気のない彼女に偲がプレゼントしたもの。ロンドンの骨董《こっとう》市で見つけた、古いケルトの細工物だ。

出会ったのは入省後、イギリスでの在外研修中のことだった。

名前は月守亜希。歳は同じ。父親の仕事の関係でずっとアメリカに住んでいたが、事故で両親をなくしてからは一人暮らし。大学を卒業後イギリスへやってきて、徴兵から子供達を守るNGOチャイルド・イン・ピースで働いている。彼女は自分についてそう語り、偲はそれを信じていた。

ごくありふれた恋愛は、仕事を辞めたくないという彼女の意志と、同じくほぼ固まっていた自分の将来が、まったく重ならなかったことから破局を迎えた。

勤め先からアフリカへの長期派遣を持ちかけられたアキは、何とか関係を維持しようとしたこちらをよそに、不思議なほどの頑《かたく》なさで仕事を選び、現地へと去っていった。それは思いがけず急な成り行きで、ほとんど手の打ちようがなかった。

釈然《しゃくぜん》としない思いを抱えたまま帰国したあとは、ようやく始まった仕事に忙殺されているうちに、いつしか連絡は途絶えた。一年ほどたってから、ふと思い出して送ってみたメールは、宛先不明で戻ってきてしまった。しかし――

武装組織？　身代金？　人質救出？　あげくにスパイ？

（いきなりそれはないだろう！）

写真を見つめながら眉間にしわを寄せてしまう。

偲にとっては寝耳に水の話ばかりだが、あのメールがいたずらとも思えない。上司ですら知らなかった自分と彼女の関係、そして偲自身知らなかった誘拐の件、その両方を知り得るのは、本人でしかありえない。

誘拐事件が発生したのは昨年の二月。調べてみたところ、新しい大使がビサワンの首都マプアに赴任した直後だった。その後彼女が大使館に助けを求めたのが九月。

一体その間に何が起きたというのか。そして彼女は今どうしているのか。

（去年、誘拐事件について耳にしたときに、もう少し興味を持っていれば……）

苦い思いと共に写真を手帳にはさみ直し、上着の内ポケットにしまい入れた。

とにかく捜し出そう。何があったのかは知らないが、見つけさえすれば話ができる。必要があれば力を貸すことも。

座席前のポケットから資料の束を取り出し、偲は今度こそ集中してページをくり始めた。

※　　　※

軽快なバンドの演奏に迎えられながら税関を抜けると、そこはカートを押す人で混雑していた。空港全体にどこか甘ったるい香りがただよっている。

ビサワンの公用語はビサワン語と英語だというが、新聞やテレビなど主要メディアのほとんどが英語を使う国柄か、空港の案内表示も英語一色だった。

行き交う人々のうち、男はTシャツとハーフパンツにサンダルという格好が多い。次に多いのが偲と同じくノーネクタイのスーツ姿で、その多くは上着を手に持っている。

出口に向けて少し歩いたところで、自分の名前が書かれたボードを持つ日本人らしき青年に気づいた。目が合うと相手は破顔し、「桐島さんですか？」と近づいてくる。

「大使館領事班の上村《うえむら》です。はじめまして」

「桐島です。迎えがあるとは思いませんでした。わざわざどうも」

「桐島さんがこちらに滞在する間、お手伝いするように言われてます」

溌溂《はつらつ》とした挨拶《あいさつ》をする青年は、自分よりいくつか年下だろう。声も表情も明るく好感が持てた。

だがしかし、つまりは大使がよこした見張りである。こちらの行動、探り当てた情報を逐一《ちくいち》報告するよう指示されているに違いない。

調査室の情報官は通常、単独行動を基本とする。関連局課の思惑や利害に巻き込まれるのを防ぐためにも、外交の実務と情報収集の専門的な活動は距離を置くべきであり、それゆえ情報官は海外での仕事の際にも、大使館にはなるべく近づかないようにするのが通例だ。

来訪を聞きつけた大使が、その暗黙の了解を無視して人をよこしてくるとしたら、それは自分のテリトリーを荒らすなという意思表示であり、勝手なことはさせないという牽制《けんせい》に他ならない。

とはいえ、現地に精通した人員のサポートがあるのとないのとでは、勝手がだいぶ変わってくるのも事実である。

（最初くらいはありがたく使わせてもらうかな）

そんな心中に気づいた様子もなく、上村はほがらかな笑顔を浮かべた。

「すぐに車を持ってきますので、出たところで待っていてください」

少しばかり申し訳なさそうにそう言うと、足早に離れていく。

売店に寄って新聞を買い、空港の外に出ると、とたんにむっとするような暑さに包まれた。立っているだけで汗が噴き出してくる。

そこへ、待つほどもなく目の前に一台の車が滑り込んできた。運転手つきの公用車ではなく、上村自身のものとおぼしき乗用車である。大使の意図を深読みするのも疲れるだけなので、ひとまずおとなしく助手席に乗り込んだ。上村は発車させながら訊ねてくる。

「今日はこれからどうしますか？　スケジュールに変更がなければ、廣川《ひろかわ》大使は大使館にいらっしゃると思いますが……」

廣川富雄《とみお》は、昨年二月に就任した在ビサワン特命全権大使である。挨拶ぐらいはするだろうと踏んでいる様子の上村へ、早めに釘《くぎ》を刺しておくことにした。

「廣川大使ですか。色々と評判は耳にしていますよ」

評判に心当たりがなかったのだろう。彼は一瞬当惑した様子を見せる。

「ええ……はい。ビサワンは日本からの大事なお客様も多いので、毎日精力的に活躍されています」

「接待か。それはおあつらえ向きだ。お偉方とのつきあいは彼の最も得意とするところでしょうからね。これまで本省からほとんど離れたことがなく、おまけに現地の言葉を学ばれるでもない身では、任国でできる仕事も限られるでしょう」

　在ビサワン大使・廣川富雄に対する周囲の評は、出世を自己実現の基準とする典型的なキャリアというもので一致している。国のためというよりも、上役のために働くことで昇進を重ねてきた人物であり、その際に少なからず自らの職権を乱用したことは、少し事情に通じる者なら誰でも知っていた。監視役を送りつけてきたのも、探られては困る腹があるからだろう。

　そのことを当てこすってから、隣の上村へちらりと目をやる。

「僕は大使に挨拶をしに行った方がいいかな？」

「……いいえ。お忙しいでしょうから、無理なさらなくても」

　勢力図に敏感な公務員らしい慎重さで、彼は簡潔に返してきた。偲も「そうだね」と軽くうなずく。

「ところで上村君。君はこちらの調査案件についても知ってると思っていいのかな」

「政情の調査というのが建前で、本当は一年前の誘拐事件についての再調査ということくらいは聞いています。……といっても、僕はまだこの国に赴任して間もないので、事件についてては報告書で読んだ限りなんですが……」

「そうか。じゃあ早速ひとつ頼みたい。昨年の事件で誘拐されたという邦人に話を聞きたいんだ。一度日本に帰国してから、またビサワンに戻って仕事をしているということだけど……」

「わかりました。調べて、なるべく早く時間を取ってもらえるようお願いしてみます」

返事をした直後、交差点を前にして車のスピードをゆるめていた上村が、急ブレーキを踏んだ。飛び出してきた子供が数名、車の鼻先をかけていく。

「……！　すみません」

「いや……」

子供達の姿を追って窓の外に目をやった。

車道には車と、小型の乗り合いバスであるジープニー、オートバイにサイドカーをつけたトライシクルがひしめき合い、ひっきりなしにクラクションを鳴らしている。

日差しの降り注ぐ市街地は、よくある東南アジアの街並みだった。

原色のペンキが塗られた四角いコンクリートの建物が連なる中に、時折トタン屋根の家が交じる。道行く人々はスマホ片手の姿が多いものの、歩道は舗装されている部分とそうでない部分がまちまちのようだ。

活気のある様を見るともなく眺め、偲はふと気がついた。

「物売りが多いな……」

道路の脇や信号機の下に、年端もいかない子供達が、菓子やら花やらを手に立っている。日々わずかな稼ぎを得ながら路上で暮らす、ストリートチルドレンだろう。

排気ガスで薄汚れた服に身を包んだ彼らは、車の流れが止まると、商品を掲げて車列の隙間《すきま》を縫《ぬ》うように歩きまわっていた。

「ええ。ビサワンの貧困問題は深刻です。現大統領は貧困の撲滅や汚職の追放をまったく進展させることができず、政情はきわめて不安定です。テロの問題も長年引きずったままですし」

「穏やかじゃないな」

「でも庶民《しょみん》の生活はのんびりしたものですよ。貧困層は増えるばかりなんですけど、ビサワンの人は自分より持ってない相手に対して優しいですからね。どんなに貧しくても何とか食べていけちゃうのがこの国のいいところです」

上村はからりとそんなことを言う。渋滞で車の流れが止まると、彼は窓を開け、車の側面を叩いて「サンパギータ！」と声を張り上げた。花輪を手に車列の間を歩いていた少女がパッと走り寄ってくる。

小銭と引き換えに彼が受け取ったのは、小さな白い花をたくさん集めた花輪だった。

「ジャスミンです。ビサワンの国花で、こちらではサンパギータと呼ばれています。こうやって吊しておくといい香りがするんですよ」

上村はバックミラーに白い花輪を引っかける。彼の言う通り、清涼な香りが車内に広がった。

「僕、赴任地がこの国でよかったと思ってます。周りの人はみんな明るくてフレンドリーでなじみやすいし。時間感覚も慣れてしまえば楽だし」

「やっぱりスローなのかい?」

「ええ、かなり。待ち合わせをしても必ず一時間は遅れてくるので、約束をするときはその辺も見越してくださいね」

雑談を交わしているうち、車は宿泊先のホテルに到着した。

ロイヤルステートホテル。この国がスペインに統治されていた時代の建造物を改築した瀟洒《しょうしゃ》な外観である。車寄せに停車したところ、ホテルのベルボーイではなく、軍服を身につけた男が近づいてきた。

男はいかめしい顔つきで助手席の窓をノックしてくる。偲は相手の正体を、すぐに察した。

「窓を開けて」

そう指示をすると、のぞき込んでくる軍人を警戒する様子だった上村が、困惑を見せて応じる。

「ですが……」

「いいから」

くり返すと、彼は不安そうに助手席の窓を開けた。軍人が硬質な声で訊ねてくる。

「ミスターキリシマですか?」

「そうですが」

応じると、相手はその場で姿勢を正して敬礼した。

「マリラオ大尉《たいい》がホテル内でお待ちです。ご案内します」

言葉と共に助手席のドアが外から開かれた。片足を外に出しながら、思わぬ成り行きに目を白黒させている上村をふり返る。

「じゃあ、誘拐された邦人の方とのアポが取れたら、すぐ連絡してくれる？」

「え、あの……桐島さん――」

「送ってくれてありがとう」

車から降り、先導する軍人についてホテルの出入り口へ向かった偲の背後で、車のドアの閉められる音がする。このことを上村は上司にどう報告するのだろうかと考えて、小さく笑った。

4

先に立って歩く軍人は、ロビーを素通りしてエレベーターに乗り込み、客室のひとつへと向かった。偲が部屋に入ると、中のソファーに座っていた人物が、さっと立ち上がって敬礼する。

濃緑の制服に身を包んだ相手は、偲と同輩か少し上くらいだろう。にこりともせず歯切れよい口調で名乗った。

「ビサワン陸軍連絡官、マリラオ大尉です」

「桐島です」

「駐日ビサワン大使館付駐在武官デュラーノ大佐の命令により、ご要望の報告書をお持ちしました」

眼光鋭い士官は、敬礼していた手を下ろし、ローテーブルに置かれていたファイルを取り上げる。

「しかし規則ゆえ差し上げることができません。この場でお読みください」

「ありがとうございます」

礼を言いつつ受け取ったのは、昨年の誘拐事件に関するビサワン国軍のレポートだった。日本を発つ前に頼んだことを、デュラーノ大佐はきちんと手配してくれたのだ。

ソファーに腰を下ろし、素早く目を通していく。おおよその内容は以下のようなものだった。


『二〇××年二月二〇日、午後。ルノン島南部の農村を視察していた政府与党オリバ上院議員、および行動を共にしていた一団、合計一三名が、武装グループにより誘拐される。

二月二一日、早朝。現場付近を巡回中だった国軍兵士が、射殺された議員の遺体と共に「バヤン・アト・ラバナン（ＢＡＬ）」と名乗るグループからの脅迫状《きょうはく》を発見。内容は、人質一二名を身代金と引き換えに解放するつもりであること、もし要求が拒否された場合、一二名全員がオリバ上院議員と同じ運命をたどるであろうこと、その場合すべての責任は現政府に帰すること。

　一二名の人質の中には日本人が一名含まれており、日本大使館にも対策チームが設置され、ビサワン政府に対し人質の早期解放を願う旨の働きかけが行われる。

　二月二五～二八日。マラナオ島の合同軍事演習に参加中だった米軍より、犯行グループの拠点と思われる島の所在と、国軍の一指揮官が犯行グループと内通している旨の情報が寄せられる。国軍はその情報をもとに内通者を逮捕し、犯人側拠点を包囲しての人質救出作戦を立案。

　三月三日。同作戦は国軍の特殊部隊によって実行に移され、ビサワン人の人質一一名を無事救出。島を制圧し、犯行グループＢＡＬを無力化させる。

　同日、日本大使館より日本人の人質一名について保護した旨の報告が届く。』

　誘拐事件の解決にあたり、米軍がここまで関与していたとは初耳だった。ファイルの文字を目で追いながら、偲は眉を寄せる。

「何点か質問させていただきたいのですが……」

「質問にはお答えできません」

「差し支えない部分だけでけっこうです」

軍人らしい杓子定規《しゃくしじょうぎ》な返答にかまわず、強引に訊ねた。

「まずこの『バヤン・アト・ラバナン（ＢＡＬ）』というグループは、現在も存在するのでしょうか」

「ＢＡＬは、左翼ゲリラの中でも最急進派の過激な武装組織でした。しかし当該事件において、ほぼ掃討《そうとう》されたと確信しています」

「左翼ゲリラ――」

偲は機内で目を通した資料の内容を思い返して言った。

ビサワンでは近年、不安定な政情を背景に、社会的な混乱の誘発を目的としたテロ活動が活発化している。国内に抱えるテロ組織は大きく分けて二種類あり、ひとつが南部のマラナオ島を拠点とするイスラム系の過激派、もうひとつがビサワン共産党という名の左翼ゲリラとのことだった。

日本とちがい、ビサワンの共産党は国政に携《たずさ》わっていない。結党から現在に至るまで、あくまで武装闘争による政府転覆を目的とした非合法の地下組織であり、営利目的での誘拐や、企業に対する恐喝《きょうかつ》、そして数々のテロ事件をくり返している。

「つまり誘拐事件は、その左翼ゲリラが資金調達を目的として起こしたと考えていいわけですね」

そして事件後、残党がアキを狙ったというわけか。

大尉は言葉をぼかしていたが、「ほぼ」掃討したとは、完全ではなかったということだ。その残存勢力にとって、彼女は組織壊滅の遠因である。放置してはおけないだろう。

だがこの報告書は、日本で目にしたものと内容に差違がある。

ビサワン人の人質を解放したのはアキではなかったのか。国軍に犯行グループの情報を流したのも、日本側の資料では彼女ということになっていた。

偲はマリラオ大尉に目をやった。

「人質の救出と犯行グループの本拠地の制圧に、米軍はどの程度関わっていたのですか？」

「いっさい関わっておりません。作戦を実行したのは我が軍の特殊部隊です。米軍がビサワンで実際の戦闘に参加することはありません。というよりも、できないのです。わが国の憲法に反しますから」

「なるほど」

それについては資料で読んだ。

ビサワンはアメリカにとって、東南アジアにおける重要な軍事拠点のひとつである。国軍本部内に米軍の司令部を置くことの見返りとして、アメリカは対テロ合同軍事演習の他、数千万ドルの軍事支援を行っている。

それはビサワン側にとっても大きなメリットとなっているが、同国の憲法は外国の軍隊、基地を国内に置くことを禁じている。そのため政府は、協力体制について慎重な姿勢を取らざるを得ないという。

（つまり大っぴらに言えないだけで、昨年の誘拐事件には米軍も深く関わっている、と……）

そう当たりをつけた。

「人質の救出は、具体的にはどのように？」

「お答えできません」

「犯行グループ以外に、誘拐に荷担した人員はいたのですか？」

「買収されていた国軍の兵士や警官が数名、逮捕されました。また警察は、射殺されたオリバ議員の一番の政敵であったラパス議員から事情聴取をしたようです」

「ラパス……議員？」

鸚鵡《おうむ》返しにつぶやくと、相手は軽くうなずく。

「ええ、ラパス議員は有力な野党の党首で、三〇年以上前――学生だった頃にビサワン共産党の党員として活動していた前科があります。そのため関与を疑われたようですが、結果的に犯行に関わった証拠は何も見つかりませんでした」

「そうですか……」

つぶやきながら、要調査、と頭の中にメモする。

「この事件のあと、ＢＡＬが活動しているという話を聞いたことは？」

「ありません」

「それでは――この事件において、アキ・ツキモリという名前を聞いたことは？」

「……ありません」

わずかな間は、答えられないという返答と、否定と、どちらを言うかためらった末のように感じた。

偲はほほ笑みを浮かべて資料を返す。

「わざわざご足労いただいてありがとうございました」

「いいえ」

「デュラーノ大佐にはあとで改めてお礼を申し上げますが、その際、大尉によくしていただいたこともまちがいなくお伝えします」

手を差し出した偲に対し、マリラオ大尉はそれを固くにぎり返しながら、初めて表情をゆるめた。それはすぐに元の厳《いか》めしい顔つきに戻ったが、彼は最後にきっちり付け加えるのも忘れなかった。

「また何かお困りの際には、他の者ではなく私を思い出してください」

※　　※

マリラオ大尉と別れ、フロントでチェックインをして自分の部屋へ落ちついた偲は、早速上村に電話をかけた。若い書記官は明るくはきはきと応じた。

『桐島さん？　ちょうどよかった。今、電話しようと思っていたところです』

「というと？」

『あの、人質になっていた邦人の方についてなんですが……。連絡はついたんですけど、面会については断られてしまいました。思い出したくもないということで……、電話で二、三質問するだけでもってねばってはみたんですけど、とりつく島もなくて……』

「――そうか」

武器を持った連中に拉致され、命の保証もない状況で数日過ごすことを余儀なくされたのだ。そういった反応が出るのも無理はない。

『折を見てまたお願いしてみます。でも、近日中に会うというのは難しいでしょうね』

「わかった、ありがとう」

『あと……大変不躾《ぶしつけ》とは思いますが、立場上いちおう言っておかなければならないことが……』

「なんだい？」

『滞在中、もし歓楽街に行く際には注意してください。日本人相手の犯罪が多発していますので……』

「はぁ……」

マプアの歓楽街は、夜の街として、東南アジアの中でもことに有名である。が、しかし。

「忠告をどうも。でも行く予定はないよ」

そう答えると、上村は『え？』と意外そうな声を上げる。

『すみません。風の噂《うわさ》に、桐島さんは花街で名を知られた夜の帝王とうかがったものですから、つい……』

「どこで聞いたのか知らないけど、それホントちがうから……！」

全力で否定しつつ、なぜそんな噂が立つのかは薄々《うすうす》想像がついた。仕事上の接待で料亭に行くたび、顔見知りの芸妓達がいたずら心を発揮するためだろう。

『そ、それじゃ明日の朝、お迎えにあがりますので！』

まずいことを言ったと踏んだのか、上村はそそくさと電話を切った。

偲はため息交じりにスマホをベッドに投げ出す。

時計を見ると、午後七時をまわっていた。窓の外は日が暮れて暗くなりつつあるが、動きまわる分にはまだ時間に余裕がある。

（遊んでいる暇なんかない――）

今は、昨年の事件について様々な側面から証言を集める必要がある。

ジャケットをはおると、アキからのメールで会えと指示されていた、セルヒオ・モラレスという人物の住所を記したメモを手に部屋を出た。

フロントで訊いてみたところ、ホテルから目的地までは車で一五分ほどの距離だという。

自動ドアの外に出たとたん、むっとする湿気と熱気に包みこまれた。室内とのあまりの差に、わずかに顔をしかめる。偲のために後部座席のドアを開けながら、タクシーの運転手が笑った。

「日が落ちて、これでもずいぶん涼しくなったんですよ」

そして乗りこんだ車内は、今度は冷房のおかげで冷凍庫のようによく冷えている。外国ではありがちなことだが、日本の控えめな温度設定に慣れた身にはつらい。

明日からは積極的に上村を足にするか、あるいはレンタカーでも借りよう……。勝手なことを考えながらクーラーの温度を上げるように頼むと、左ハンドルの運転席から右手がのびてコンソールをいじった。

日が暮れたというのに、車が信号で止まると、あいかわらず子供達が駆けよってくる。タバコやらガムやら花やらを持って窓ガラスを叩く小さな手を目にした運転手は、ポケットから小銭を取り出し、二、三センチだけ窓を開けて器用にガムと交換した。

それを眺めていた偲の視線が、ふと路上の一点に止まる。

「ミスターはやらない方がいい。慣れてない人間がやると面倒なことになる」

我も我もと手を出してくる子供達をさえぎるように、強引に窓を閉めながら運転手が言ってきた。偲は首をふる。

「いや、あそこに日本人に似た子がいるなと思って……」

よく日に焼けた南国の人間とは、明らかに肌の色がちがう。その子供を見ながら言うと、彼は何でもないことのように言った。

「日系児《ジャパワン》でしょう。日本の男とビサワンの商売女との間に生まれたんだ。珍しくありませんよ」

信号が変わり、走り出した車の窓から、子供の姿はあっという間に消え去った。その手ににぎられていたサンパギータの白さだけが、窓越しの夜の景色の中に輪郭《りんかく》を残す。

それから一〇分ほどで目的地であるアサラオ通りの一軒の屋敷の前までたどり着いた。

車から降りて、あたりを見まわす。

一帯は住宅地のようだ。平均的な一軒家ばかりであるものの、治安の問題か、通りに沿って並ぶ家はどこも人の背よりも高さのある塀と、がっちりと閉ざされた鉄の門扉《もんぴ》に守られている。

件《くだん》のセルヒオ・モラレスの家も周りの例に漏れず、高い塀と門扉のおかげで中の様子をうかがい知ることはできなかった。職業は、小さな自動車工場を営む機械工だという。

ブザーを何度か押してしばらく待っていると、門扉の小窓が開いて中年の女性が顔をのぞかせた。そしてこんな時間に突然やってきた異国の客を、不躾なほど上から下まで眺めてくる。

偲は努めて行儀良くほほ笑んだ。

「こんばんは。突然すみません。こちらにセルヒオ・モラレス氏はいらっしゃいますか?」

お座敷で人気を博《はく》す母によく似た笑顔が、人の警戒を解き、好感を与えるものであるらしいということは、これまでの経験で学んでいる。果たして応対に出た女性は、眼差《まなざ》しのトゲを少しばかりゆるめた。

「……どちら様？」

「桐島といいます。日本から来ました。月守亜希の友人だと、モラレス氏に伝えてくださ
い」

女性は黙って家の中に入っていき、三分ほどしてから戻ってきた。門の端《はし》にある通用口を開けて手招きする。小さな出入り口を、腰をかがめて通り抜けた。

入ってすぐのところはガレージになっており、車が二台置かれている。その向こうにペンキのはげかかったコンクリートの家があった。二階建てで、屋上のテラスに洗濯物が干されている。

無骨な外観に反して、家の中はきれいな家具のそろった小洒落《こじゃれ》た雰囲気だ。廊下の奥から高校生くらいの少女が顔をのぞかせている。目が合うとクスクスと笑い声をあげたが、女性が手を一振りすると亀のように首をひっこめた。

リビングのソファーには、開襟《かいきん》シャツにハーフパンツの男が二人座っている。両方とも四〇をいくつか過ぎたくらいか。

一人は恰幅《かっぷく》のいい太りじしの男で、派手な柄の開襟シャツをまとい、やってきた偲を警戒のこもった眼差しで見上げてくる。もう一人は中背のがっしりした体格で、開襟シャツ

の袖《そで》から筋肉質な腕がのびていた。南国特有の褐色《かっしょく》の肌にはタトゥーが浮いている。

太ったほうの男がセルヒオ・モラレスと名乗り、偲が握手のために差し出した手をおざなりににぎって、空いているソファーを勧めてきた。

「さて、私を訪ねてきたということだが、あんたは誰だ？　日本人《ハポン》に知り合いはいないんだが」

「月守亜希をご存じありませんか？　私は彼女に会いに来ました」

その名前を出したとたん、男の目つきが一層厳しくなる。偲はそれを静かに受け止めた。

「ここにいるのではないんですか？」

「もう一度訊く。あんたは誰だ？」

「日本の外務省の職員です」

素性を明かしたのは、見知らぬ人間が訪ねてきたことへの警戒を和《やわ》らげようと考えてのことだ。しかしなぜか逆効果になってしまったらしい。

モラレスはさらに警戒をあらわにし、こちらを見据えてくる。

「なぜここに来た？」

「ここに来れば彼女の居場所がわかるのではないかと思ったからです」

「……なぜそんなふうに思うんだ？」

「彼女からここに迎えに来いとメールが届きました」

「そんな女は知らん」

「しかし――」

「何度も言うが、私には日本人《ハポン》の知り合いなんかいない」

「わかりました。ですが彼女からのメールには、あなたの名前と住所が書かれていました。何か思い当たることは――」

「しつこいな、あんたも！」

突然怒声を上げ、モラレスはでっぷりとした身体《からだ》を揺らして立ち上がった。

「勝手に押しかけてきてわけのわからんことを言って！　用がすんだんなら帰ってくれ！」

声を張り上げる様子からは動揺が見て取れる。本気で怒っているわけではなさそうだ。激昂《げっこう》したように見せかけて追い出しにかかっているのだろう。

彼は何かを知っている。そう確信した。しかしそれを聞き出すにはこちらの情報《カード》が少なすぎる。

「そうですね。彼女は何か思いちがいをしているのかもしれません」

もう少し調べてから出直したほうがいい。ひとまずそう判断し、席を立った――そのとき、それまで黙っていたもう一人の男が口を開く。

「なぜその女を捜す？」

右腕に、牙《きば》を剝《む》く猛獣《もうじゅう》のタトゥーを施した男は、刃物のようにひんやりとした声音《こわね》で訊ねてくる。

「何が知りたいんだ」

「……どういう意味でしょう？」

睨め上げてくる昏《くら》い眼差しを、こちらも黙って見下ろした。短く刈り上げた頭と、耳たぶの欠損した耳。落ち着きはらった佇《たたず》まいは、ならず者というよりは軍人のように見える。

張り詰めた時間がどのくらい続いたのか。しばらくの後、ふいに男はモラレスに目をやり、玄関のほうに向けて顎をしゃくった。

と、蚊帳《かや》の外にいたモラレスが我に返ったように動き出す。

「おい、あんた。もういいだろう。帰ってくれ……っ」

「ええ、お騒がせしました。失礼します」

偲がおとなしく玄関へ足を向けると、彼はあからさまに安堵《あんど》の表情を見せた。

そのまま背中を押し出すようにして門の外まで見送られ、音を立てて門が閉ざされる。

さてどうしようかと通りを歩き出したとき、頭上からひそめた声で呼び止められた。

「ねぇ、待って！　――ねぇったら！」

見れば、どうやって登ったのか、高い塀にしがみつくようにして、先ほど廊下で見かけた少女が顔だけのぞかせている。

「あなた、日本《ハポン》人の外交官なんでしょう？　ね、これ……」

少女はひどく不自由な体勢のまま手をのばし、にぎりしめていた紙片をこちらに落としてきた。ひらひらと足下に落ちてきた紙片を拾ったところ、数字がいくつか並んでいる。

塀の上を見上げると、明らかに十代と思われる少女は、ピンク色に塗ったくちびるに、誘うような笑みを浮かべた。あと一〇年もすれば苦手なタイプに育ちそうだ。

「それ、私の電話番号。気が向いたら電話して？」

「君は？」

「キャサリン。キティって呼んで」

「キティ。僕は偲だ。桐島偲。――ちょっと訊きたいんだけど、君は月守亜希っていう日本の女性を知らないかな？」

「え……っ？」

質問に、少女はあわてるような反応を見せた。しかし質問に動揺したのか、それとも塀にしがみつく状況のせいなのか、判別がつかない。

ややあって少女はいたずらっぽく笑った。

「知らないわ。でも家族や友だちに訊いてみる。もし何かわかったら、どうすればいい？」

「僕はロイヤルステートホテルに宿泊してる。メッセージを残してくれれば連絡するよ」

「わかった、そうする。じゃあシノブ、またね……っ」

早口でまくし立てるや、彼女はこちらの答えも待たず、力尽きたように向こう側へ落ちていった。

5

海から来ているのだろうか。生暖かくじっとりと湿った風は、かすかに潮《しお》のにおいがする。

日が落ちると、昼間の息苦しいほどの熱気も少しは落ち着いた。それでも熱帯の夜は、人いきれと排気ガスと食べ物のにおいで、快適さとはほど遠い。人で混み合う大通り沿いの道を歩きながら、日本を出る前から引っかかっていた謎《なぞ》について考える。

報告書によると、昨年大使館に保護を求めた際、アキは日本の偽造パスポートを所有していたとのことだが——それでは本来の国籍はどこだったのだろう？

（アメリカ？　でもそれなら、まっさきに米国大使館に助けを求めそうなものだけど……）

どう考えても、そのほうがはるかに頼りになりそうだ。

（待てよ——……）

アキの第二外国語はスペイン語だった。それは流暢《りゅうちょう》に話すことができた。

思い出したことに引きずられるようにして、彼女の声が脳裏《のうり》によみがえる。

『もちろん、知ってる……』

困ったようにほほ笑んだ、あれは何だったか。

（確か休みの日に遊びに行って……。そうだ、あの——）

二人でロンドンまで出て、デートをしていたときのことだ。公園で警官が南米系の男に職務質問をしている場面に居合わせた。男は英語がわからないらしくパニックになっていたため、見かねたアキが通訳を買って出たのだ。

男はアメリカから来たメキシコ移民だといい、パスポートを見せて二、三のやり取りをしたあとに解放された。礼を言う相手と別れて歩き出してからアキが言った。

「今の人、本当はコロンビア人だ」

「どうしてそう思うの？」

「言葉を聞けばわかる。同じスペイン語でも国によって特徴があるから」

「でもパスポートはアメリカのものだったけど……」

「外交官のタマゴのくせに鈍《にぶ》いな。写真のとこに貼り替えた跡があった。注意して見なきゃわからない程度だったけど……」

彼女は含み笑いで軽く続けた。

「写真を貼り替える形の偽造パスポートは、安いけど見つかりやすい。もし作るなら、その国の人間の名前を買うタイプのを薦《すす》めるよ」

「アキ」

「……冗談だって」

その答えに偲はかぶりをふった。

「僕の立場的には笑えない冗談だ」

海外への出稼ぎ労働者の多い国では、パスポートの偽造が横行している。不法就労で強制送還された者が、再度渡航を試《こころ》みるためだ。特に日系人の多い中南米では、邦人になりすますため日本のパスポートを不法に入手しようとする者があとを絶たないという。

「パスポートの偽造は違法行為だ。その需要が犯罪を誘発していることくらい、君だって知ってるだろう?」

きまじめに意見する偲を、彼女は驚いたように見つめ返し、それから曖昧《あいまい》な笑みを浮かべた。

「もちろん、知ってる……」

今思い返してみると、いつもはっきりした彼女にしてはめずらしく、どこか不明瞭《ふめいりょう》な反応だった。もしあのとき、アキがすでに偽造したパスポートを所持していたというのであれば――

(迂闊《うかつ》にもほどがある)

何も気づかなかった当時の自分を締め上げてやりたい。

彼女はそれほど嘘《うそ》がうまいタイプではなかった。もう少し注意していれば、他にも何か、素性を知る手がかりに気づくことができたかもしれないのに。

重い気分で目に付いたタクシーを止める。路上に出て乗り込む前に、すでに無意識といっていいほど習慣的な癖で、周囲をざっと見まわした。渋滞の車道。露店、人々……。

(――)

特別目に止まるものはなかったが——どこからか、確かに視線を感じる。偲はタクシーから離れ、歩道へ戻った。

「アキ、君か……⁉」

蒸し暑い大通りの喧噪《けんそう》の中、どこへともなく声を張り上げる。しかしそれに応じる者はいなかった。

どれだけ待っても、あたりには何の変化もなく、ただ物売りの子供が寄ってくるか、街角に立つ女がねばついた視線をよこしてくるばかり。

「シャチョウ！　オンナ？　クスリ？　ギャンブル？」

愛想笑いを浮かべた男に呼び止められ、まとわりつく声を振り払うように歩き出した。じっとりとにじむ汗をぬぐって前を見れば、行く手に煌々《こうこう》と明かりのついた大型のショッピングセンターがある。あそこで安全そうなタクシーを拾おう。

そう決めて足を速めた、その矢先。

背後でオートバイのエンジン音が響いた。ふり向こうとしたところへ、まったく別の方角から「伏せろ！」という鋭い声が叩きつけられる。

反射的に姿勢を低めたとき、どこかすぐ近くで破裂音が響いた。車のバックファイアにしては高い音だ。

まばたきをしたその鼻先を、バイクにまたがり覆面をした二人組がすり抜けていく。その際、後ろにまたがっていた男が、こちらに向け手を出してくるのが目に入った。——その手に、何やら穏やかならぬ物がにぎられているのも。

しかし銃口が偲へ向けられる前に、まっすぐに飛んだ空き瓶《びん》が、運転していた男の頭を直撃する。

高い音と共に瓶が砕け散ったあと、バイクは横転し、乗っていた二人組もそれぞれ路上に投げ出された。

居合わせた人々から叫び声が上がる。

「――――」

あ然と立ちつくしていると、次の瞬間、肩口をつかまれた。

「ボケッとすんな、逃げろ！」

日本語である。高く響く若い声だった。

そのまま後ろから突きとばされるようにうながされて走り出す。肩越しにふり向くと、倒れたバイクが目に入った。二人組の片方が起きあがり、こちらに銃を向けてくる。

(僕を狙っているのか⁉)

混み合う歩道の中、逃げ道を求めて視線をめぐらせると、後ろから指示が飛んできた。

「次の角を右！」

声に従い、とっさにネオンの明かりの届かない路地裏へと飛び込む。

街灯はない。周りの家からこぼれてくるわずかな明かりと、「右……つぎ左」と誘導する背後の声だけを頼りに、しばらく歩いていく。

先へ進むほどに道幅は狭くなっていった。道は舗装されていないようだ。ぬめった地面に足を取られ、思わず手をついた壁は感触からするとバラックである。

息詰まる熱気に、魚市場のような生臭い風と、野菜の腐《くさ》ったようなにおいが混ざる。暗くてよくわからないが、どうやらスラムに踏み込んでしまったらしい。

呼吸を整えようと大きく息を吸い、そのとたんに後悔した。すかさず声が飛んでくる。

「止まるな。行け」

「ちょっと……」

「もうへばったのかよ」

「ここ……空気悪すぎる」

狭い路地の慣れない悪臭に、こみ上げてくるものをこらえる。背後の声はいら立たしげにつぶやいた。

「あとちょっと我慢しろ。もう少しで大きな通りに出るから」

そう言いながら前にまわりこんできた相手の姿が、わずかな明かりの中に浮かび上がる。その小柄な背丈に驚いた。どうりでふり向いたとき、視界に入らなかったはずだ。

そして若い。どう見ても中学生くらいである。

顔つきにはまだあどけなさが残り、サイズの大きなTシャツの襟《えり》からのぞく首は細い。無造作にのばされた髪が首筋にかかり、それをさらに頼りなく見せていた。とはいえ引きしまった身体つきは、いかにも敏捷《びんしょう》そうだ。何より、相対する者の内奥まで射《い》抜《ぬ》くような、強い眼差しがひどく印象的だった。

よく見れば外見は日本人そのもの。おまけに日本語を使う、現地の子供となると――

(日系児《ジャパワン》……?)

当たりをつけたところで少年は身をひるがえした。

「こっち」

つられるようにして偲も歩き出す。

「あの二人組、何だったんだろう?」

「強盗」

「ああいうこと、よくあるの?」

「たまに」

「…………」

どうやら愛想のいいタイプではなさそうだ。

引ったくりなら、ジャケットしか手にしていない人間を狙ったりはしないのではないか。おまけに起きあがった一人が、最後まで自分に銃口を向けてきたのはなぜなのか。

そもそも偲の危機に、日本語を話す少年がタイミング良く現れるとはできすぎていないか……。

あれこれ考えた末に、さらに質問を重ねようとしたとき、折悪く大きな広場に出た。

街灯が設置された広場の周りには屋台や露店が並び、それらに囲まれるようにしてプラスチックのテーブルと椅子《いす》が多く並べられている。そこで地元の人々がにぎやかに食事をしていた。テーブルのないところでは子供達がふざけ合って遊んでいる。

「向こうが大通りだ。そこでタクシーを拾える。じゃあ」

そう言うと、少年はさっさと身をひるがえして走り出した。あわててそれを呼び止める。

「君、待って！」

小柄な影が、足を止めてふり返った。

「助けてくれてありがとう。けど——」

言いかけたところへ、日本語を聞きつけたらしい子供達が集まってくる。ストリートチルドレンのようだ。裸足《はだし》で、顔も服も埃《ほこり》に汚れている。

子供達は甘えるような笑顔を浮かべて取り囲み、舌足らずな英語で口々に訴えてきた。

「五ペソちょうだい」「一〇ペソちょうだい」「ちょうだい、ちょうだい」

観光客がカモにされる場面には慣れているのか、大人達は見て見ぬふりだ。

身動きが取れずにいると、少年が渋々《しぶしぶ》という様子で戻ってきた。

「やめろ。あっちで遊んでこい、これやるから」

そう言いながら彼はポケットの中から小銭を出し、子供達ににぎらせる。

「やったぁ！」「ありがとう、レン！」

駆け去る子供達に向けて少年は「ちゃんとみんなで分けろよ！」と声をかけていた。どうやら顔見知りのようだ。

「レンって、君の名前？」

偲が訊ねると、和らいでいた少年の眼差しに、すっと険しい光が戻った。まるで敵でも見るかのようだ。

これまで初対面の相手から、こんなにも露骨に警戒されたことはない。理由がわからないまま、偲は努めて穏やかに続けた。

「僕は仕事で今日ここに来たばかりでね。右も左もわからない。同僚に連絡を取りたいんだけど、この辺でどこか電話を貸してもらえるところはないかな？」

生温《ぬる》く湿った風が、屋台の食べ物のにおいと人々の声を乗せて流れていく。

少年は——レンは、強硬な眼差しのままこちらを見上げていたが、やがてふいと踵《きびす》を返した。

「ついてこい」

そう言い置いて、後ろを確かめることなくまっすぐに歩いていってしまう。

ひとまず彼と別れずにすんだことに安堵の息をつき、偲は腕にかけていた上着の胸ポケットに手を入れる。そして万が一にも着信音の鳴ることがないよう、こっそりとスマホの電源を切った。

並んで歩き始めてはみたものの、レンの口数の少なさは予想をはるかに超えていた。あの手この手で話しかけたにもかかわらず、ほとんど成果を得ることがないまま、目的地とおぼしきところへ着いてしまった。

　連れて行かれたのは、広場から歩いてすぐのところにある建物である。ペンキで大きく「シェルター・フォー・チルドレン」と書かれた鉄の扉を中から開けたのは、意外なことに若い日本人の女性だった。

　二〇代後半くらいか。肩までの髪をひとつに束ねた女性は榎本《えのもと》美春《みはる》と名乗り、警戒する様子もなく二人を招き入れた。

　レンの知り合いのようだ。気さくに挨拶を交わしてから、こちらに笑顔を向けてくる。

「日本のお客さんなんて久しぶり！　どうぞどうぞ入ってください」

　ほがらかに言いながら門扉の鍵を閉め、美春は先導するように歩き出した。

　その先にあるのは、何かの施設のような三階建ての建物である。どこからか子供のはしゃぐ声が聞こえてきた。

「ここは？」

　すぐ前を歩くレンへ小声で訊ねたところ、美春が玄関のドアを開けながらふり向く。

「ここは保護の必要な子供のための施設です。ある事情から親を頼ることのできない子供に、タダで勉強を教えたり職業訓練をするＮＧＯがあるんですけど、そのプログラムに参加している子達です」

「なるほど」

「レンにもよく助けてもらうんです。子供達はレンの言うこと、よく聞くから。……ね？」

先に立って歩きながら、彼女は少年に笑いかける。しかし当の少年は肩をすくめ、こちらを指さした。

「あいつ、電話使いたいんだって。貸してやって」

「人のことあいつなんて言っちゃダメでしょ！」

強くたしなめてから、彼女はひとつのドアの前で足を止める。

「あ、電話はこっちです、どうぞー」

中に入るよう、うながされたのは広いリビングだった。

みんなで団らんをする場なのだろう。大きなテーブルの周りに、ビサワン人のスタッフや子供が二〇名ほど集まり、めいめいくつろいでいる。彼らは不意の来客に興味津々《しんしん》の眼差しを向けてきた。

レンよりも年少の子供が多いようだ。中には一〇歳ほどの子もいる。事情があって親を頼ることができない子供達と言っていたが、ストリートチルドレンだろうか。

美春が部屋の隅を指さして言う。

「電話、そこです」

礼を言いつつそちらへ向かい、偲は頭をかいた。

電話のことを持ち出したのは、レンとしばらく行動を共にするための口実だった。

（少し予定外だけど……まぁいいか）

偲は受話器を取り上げ、特に用事もないまま上村に電話をかける。すると彼は、今日頼んでおいた件——昨年の事件に巻き込まれたビサワン人の人質の連絡先がわかったと言った。詳細をメールで送るように頼み、明日は知り合いを訪ねるつもりであることを告げると、案の定上村はついてくると言う。

落ち合う時間を相談しながら、偲はさりげなくリビングへ目をやり、レンの様子をうかがった。

テーブル周りの椅子のひとつに彼が腰を下ろすや、一番小さな子供がじゃれつく。レンはいやな顔をするでもなく、慣れた様子でその相手をしていた。

ややあって美春が食事を持ってきて前に置くと、勢いよく食べ始める。皿の上には、一見すると焼きそばのようなものが山盛りになっていたが、またたくまにそれをたいらげていく。

その間、周りの子供達がちょっかいを出すこともあったが、それでも怒る様子がなかった。あいかわらずの仏頂面《ぶっちょうづら》とはいえ、子供に向ける眼差しはいたって穏やかである。

電話を終えると、美春が声をかけてきた。

「桐島さん、コーヒーいかがですか？」

「あ、いえ……」

首をふりかけ——しかし思い直してうなずく。

「はい、いただきます。遠慮なく」

「じゃあ適当に座っててください」

彼女の声に従うそぶりで、偲はレンの向かいの椅子に腰を下ろした。

とたん、少年は気にさわったかのように眼差しをとがらせる。

(会ったばかりの大人を警戒しているんだろうか――)

どうにかして先ほどの一件について聞き出したいところだが、レンはこちらを見ようともせず、黙々《もくもく》と焼きそばを口に運ぶばかり。そこには話しかけるなという無言のオーラがただよっていた。

声をかけあぐねていると、トレーを手にした美春が現れ、耳慣れない言葉で何かを言った。すると子供達が歓声を上げる。どうやらトレーには偲のコーヒーの他に、菓子も乗っているらしい。それがテーブルに置かれると、子供達は先を争うようにして方々から手をのばしてきた。

「今日はお客様が来たから特別って言ったんです。いつもはこの時間、もうお菓子を出したりしないんですけど」

コーヒーカップと、お茶請《う》けの菓子をこちらに差し出しながら、美春が笑って言う。

偲はカップだけ受け取り、菓子は近くにいた子供に譲った。

「今のはビサワン語ですか?」

「はい。こっちに来て覚えました。子供達はみんな英語がわかるけど、やっぱり現地の言葉を使うと距離の取り方が全然ちがってくるので……」

「すごいな。優秀なんですね」

「いいえ、全然！　日本じゃほんと劣等生で。就活もうまくいかなかったし……」

冗談にまぎらわそうとして、失敗してしまったらしい。彼女はぎこちない笑顔で続けた。

「親に嘆《なげ》かれました。何もそんなへんぴな場所で働かなくてもって……」

「でも榎本さんみたいに海外で社会貢献される方の活躍は、日本の印象を良くしてくださるわけですから。僕としてはありがたいと思いますけど……」

まじめに言ったのだが、冗談だと思われたようだ。「ならいいんですけど」と苦笑する女性から室内に目を移す。

「そういえば、ここを運営しているNGOってどんな団体なんですか？」

「チャイルド・イン・ピースっていうグループです。あまり知られていませんけど、世界的な組織なんですよ」

「────!?」

予想外の返答に、息を呑《の》んだ。

「……ここは、チャイルド・イン・ピースのビサワン支部なんですか？」

偲が訊ねると、美春は目を丸くする。

「え、もしかしてご存じですか？　めずらし～！」

「ビサワンにも子供兵がいるんですか？」

「いますね。東南アジアの国々の中では最も深刻です。昔からイスラム系の過激派組織や共産党の武装組織が子供を兵士として徴集してきたので、それが当たり前になってしまっているんです」

ということは、ここにいるのは皆、保護された元兵士達なのだろう。

通常とかけ離れた暮らしを強《し》いられてきた子供には、物事の善悪や一般的な常識を教え直す必要がある。また精神的な被害へのケアを要することもあるため、こういう施設でリハビリをし、少しずつ普通の社会に復帰させていくのだ。……と、以前アキが言っていた。

そうだ、彼女が三年前にビサワンで立ち上げた新しい支部とは、ここのことではないか？

「――――」

美春に訊ねようとした、その矢先。突然、部屋の一画でどなり合う声が上がった。どうやらケンカのようだ。

「やだ！　ちょっとすみません」

美春はあわててそちらに向かってしまう。タイミングが悪い。

他のスタッフもやってきて大きな騒ぎになる中、レンが席を立った。使った食器をキッチンへ下げに行くその背中を、偲も自分のカップを手に追いかける。

そして流しで皿を洗う少年に声をかけた。

「君もここで暮らしているの？」

レンは答えない。黙々と食器を洗うばかり。

「気を悪くさせたならすまない。君の過去を詮索《せんさく》するつもりはないんだ。ただ……確認したいことがあってね」

頑なな横顔に向け、偲は努めてやわらかい声で続けた。

「僕は今、月守亜希という女性を捜している。彼女はここで働いていて失踪したと聞いた。そのことについて何か知らない？」

少年はふり向きもせず答えた。

「スタッフのことは、外の人間に話しちゃいけないことになってる」

「あぁ、そうだったね……」

日本で彼女の消息を訊ねようとしたときのことを思い出し、軽くうなずいた。そして洗い物をすませてタオルで手をぬぐう相手に、自分の名刺を差し出す。

「チャイルド・イン・ピースのビサワン支部の代表者と話がしたい。取り次いでもらえないかな」

「今日はいない。出かけてる」

「いつでもいいよ。なるべく早いほうがうれしいけど……」

「……訊いてみる」

名刺を受け取った少年の短い返答に息をつき、偲はリビングをふり返る。

「そろそろ失礼するよ。榎本さんにお礼を言っておいて。自分で言いたいけど、取り込み中のようだから……」

ケンカは収まったようだが、興奮する子供達を部屋に戻そうと、スタッフが声を張り上げている。

その騒ぎを気のない様子で眺め、レンは名刺をデニムの後ろのポケットにねじ込んだ。

「先に玄関に行ってて」

リビングに戻って鍵を持ってくると、少年は目線ひとつでこちらをうながし、外の門扉へ向かう。それは見送りというよりも、舞い込んできた異物を早く外に出してしまいたい――そんな意図を感じさせる、とりつく島のない態度だった。

2章

現れたのは、物腰柔らかな大人だった。

見るからに高そうな服を身につけながら、えらそうにするでもなく、訳ありの子供達に囲まれてもためらう素振りひとつ見せず、穏やかなほほ笑みを絶やさない。

それは少し意外だった。

しかし人好きのする笑顔の中、いかにも思慮深そうな瞳には時折鋭い光がよぎる。

くせ者だ。そう直感した。

拒絶にめげずくり返される呼びかけに——まるで本物のような親しみの込められた態度に、ゆるみそうになる警戒心を何度も引き締めた。

だまされるものか。何しろあいつは、あのときも——。

思い出すだけではらわたが煮えくりかえる。

アキはあいつを信じて裏切られた。

だから自分は、決して同じ間違いを犯してはならないのだ。

1

翌日、ホテルまで迎えに来た上村《うえむら》の車に乗りこんだ偲《しのぶ》は、バイザーを下ろして顔に当たる日光を遮断した。

昨夜は、退庁寸前だった瀬戸《せと》くるみを電話で引き留め、延々調べ物をした。その他、国外にいても容赦《ようしゃ》なく舞い込んでくる通常業務、公私の別を付けにくい大量のメールチェックとその返信等々の雑事に追われ、ほとんど休む時間の取れなかった目に南国の太陽は強烈すぎる。

「おはようございます」

車を出しながら、上村が溌剌《はつらつ》とした声をかけてきた。

「よく休めましたか？　食事はどうです？　このホテルの中ならハズレはないでしょうけど……」

「ルームサービスのサンドイッチを頼んだから、まぁ普通だったかな」

返答をしながら、焼きそばをかきこむ少年の姿をふと思い出す。

チャイルド・イン・ピースの施設で暮らす彼に、アキとの接点がなかったとは思えない。あの重い口を開かせる方法が、何かないものか――

窓の外を眺《なが》めつつ考えていると、上村が口を開く。

「今日の行き先はビサワン大学とのことでしたが……」

「あぁ、恩師に会いにね」

「へぇ、大学の教授にお知り合いが……」

さりげなさを装《よそお》った口調に、思わず口元がゆるんだ。些細《ささい》な会話から、上に報告するネタを探そうとしているのだろう。偲は素知らぬ顔でスマホを取り出し、画面を操作した。

ややあって、検索して再生した動画の音声が車内に響く。

『共産党にせよ、イスラム教系の過激派にせよ、わが国の安全を脅《おびや》かす武装勢力の根本にあるものが何か、わかりますか？　――貧困です。上から押さえつけるだけでは意味がない。社会そのもののあり方を見直さなければなりません……』

思った通り、上村は食いついてきた。

「それ、何ですか？」

「ビサワン大学が配信しているライブ中継の動画だよ。ちょうど今、あそこで講演会が行われていて――」

「それ、ラパス議員ですよね？」

画面の中の姿を一瞥《いちべつ》し、上村が言った。

「そう、よくわかったね」

大学の講堂の壇上に立つのは、六〇歳前後の小柄《こがら》な男性だ。白髪をきれいになでつけ、ベージュの麻《あさ》のスーツをまとった姿は、細身で紳士然とした雰囲気である。

『しかし社会の変革は、流血を伴うものであってはならない。変革は法の下《もと》で緩やかに行われるべきです。革命のような急激な変化が、社会に大きな軋轢《あつれき》を生み、そこから再び破綻《はたん》が始まることは歴史が証明する通り。行き着く先は混沌《こんとん》にしかなりえません』

熱のこもった弁舌で訴えるのは、ジャンジャック・ラパス上院議員。中道左派の政策を掲げる野党の党首である。若いころは左翼の活動家だったが、逮捕・投獄《とうごく》を経《へ》て学者へ転身し、現在は政治家として法に則《のっと》った変革を訴えている人物だ。

富裕層から既得権益《きとくけんえき》を奪い、社会全体へ富を再配分する必要性を訴えていることから、民衆寄りの政治家として中下層階級の高い支持を得ているという。

その分、与党勢力からはにらまれているようだ。上村が警戒するように言った。

「デモなどにもよく担ぎ出される要注意人物ですからね。それでなくとも近々国外でサミットがあるので、アタド大統領が安心して出席できるよう、当局は彼の動きに警戒を強めているみたいです」

「なるほど」

「大使館内でも、彼との接触はなるべく避けるよう暗黙の了解があります」

含みのあるつぶやきに、拍手喝采《かっさい》を受ける講演の動画を眺めながら笑って応じる。

「もったいない。彼は親日派のようだけど？」

ラパス議員は、学者であった時分に日本の大学で教鞭《きょうべん》を取っていたこともあり、ビサワンでは日本にゆかりの深い政治家としても知られているらしい。

「でもうっかり親密になると大統領ににらまれちゃいますから。廣川《ひろかわ》大使はそれを懸念してて……」

「いかにも評判通りの人だね」

言葉の端《はし》ににじませた皮肉には気づかないふりで、上村は車の速度をゆるめた。

「ここが国立ビサワン大学です」

両開きの立派な門扉《もんぴ》を構えるその大学は、二〇世紀初頭、ビサワン初の国立高等教育機関として創設されて以来の最高学府である。その先には、およそ五百ヘクタール近い広大なキャンパスが広がっていた。

「講堂に向かってくれる？　先生は今、講演会場にいるはずだから」

「はーい」

軽い返事と共に、上村は案内板の表示に従い、車を講堂に向けて走らせる。

目的地に着くと、他の車にならって路上に駐車をしたあと、コンサートホールのように立派な建物の中に入っていった。と、そのとき、行く手から何やらにぎやかな集団が現れる。

講演を終えた議員の一行のようだ。先ほど動画の中で見た人物を、一〇名ほどの人間が取りまいてこちらに向けて歩いてくる。

「あ……」

同じことに気づいた上村が、さりげなく柱の陰《かげ》に移動した。対照的に偲は一歩進み出る。

「ラパス先生！」

近づきながら声をかけると、一行の中心にいた紳士が足を止めた。

「キリシマくん⁉」

驚きながらも顔を輝かせる相手に、偲もまた親しみを込めて笑いかける。

「失礼。今は議員でしたね。ご無沙汰《ぶさた》してます」

「うぇ……⁉」

背後で上村の変な声が聞こえた。


学生だった時分、開発経済学の教授が、左翼の活動家として服役していたことのある外国人だと知り、あふれる好奇心を抑えられず授業を取ったのである。その後、教授が主催した東南アジア某《ぼう》国でのフィールドワークに参加したことから、個人的に親交を深めた。

卒業後はクリスマスにメールを送り合う程度だったものの――

「自分の目を疑ったよ……！」

大学の一室を借り、テーブルをはさむ形で腰を下ろして向かい合ったラパス議員は、にこやかな笑みを浮かべて言った。

「ビサワンに来るなら、前もって教えてくれないと」

「真っ先に会いに来ました。それで許してください」

偲の言《げん》に、その場は笑いに包まれる。議員は秘書、こちらは上村という連れがそれぞれいたものの、互いに昔話を持ち出し、会わずにいた時間を埋めようとする。

しかし和《なご》やかな雰囲気は、偲が名刺を取り出して職業を告げ、本題を切り出したとたんに凍りついた。

「昨年のオリバ上院議員誘拐《ゆうかい》事件についての調査……？」

動揺を抑えるように、低く返すラパス議員に向けてうなずく。

「あの事件について、ご存じのことがあれば教えていただけませんか。どんな些細なことでも結構です」

しかし議員は首を横にふった。

「残念ながら役に立てそうにない」

「ですが、先生はあの誘拐事件への関わりを疑われて警察の取り調べを受けたとか」

「失礼な！　何を言うんだ、君は！」

議員の傍《そば》に控えていた秘書が声を荒らげる。議員はそれを手で制した。

「キリシマくん。根拠のない発言でも、私にとっては命取りになる。言動には注意してほしい」

彼が件《くだん》の誘拐事件について知っていると口にするのは、左翼組織とのつながりを疑われることと同意である。素直に認めるはずがない。

偲は相手の顔を見つめ、慎重に続けた。

「誤解しないでください。そもそも殺害されたオリバ議員は、ＢＡＬの強い恨みを買っていたようですし、私自身は先生が事件に関わっているとは思いません」

ラパス議員は難しい顔でうなずく。

「過去は過去。今の私は共産勢力とは何の関係もない。それどころか無差別な武力による主張には、断固反対の立場だ。彼らと手を組んで政敵を殺《あや》めるなどありえない」

「ええ、わかります」

にもかかわらず、突然そのような嫌疑がかけられた場合、彼はどうするか――。

「先生はご自身の潔白を証明するために、事件について独自に調べられたはずです。おそらくは警察も持っていない、独自のルートをたどって」

断定的に言うと、彼は再度はっきりと首をふった。

「話せることは何もない。帰ってくれたまえ」

「これを見てください」

偲は懐《ふところ》から折りたたんだ紙を取り出すと、テーブルの上に広げた。

一番上は、日本にあるビサワン人コミュニティから入手したメールをプリントアウトしたものである。

昨夜ひと晩かけ、瀬戸を巻き込んで集めたラパス議員についての資料の一部だ。夜通しの作業を強《し》いることになった瀬戸からは特大の恩を着せられたが、それだけのものを得た。

「あなたは日本に暮らす支援者に、たびたび自身の政治活動、及び社会活動への援助を依頼されていますね。しかしその内の一部はビサワン共産党に流れている」

「バカな。何を根拠に……！」

秘書が、再び激昂《げっこう》して立ち上がった。しかし議員は「やめなさい」と制する。

「君、外に出ていなさい」

「ですが、議員……っ」

「いいから」

主人に強くうながされ、秘書は渋々《しぶしぶ》部屋の外に出ていった。それを待って偲はプリントをめくる。二枚目は申請書の写しだった。

「あなたは、ご自身で主導する複数の貧困対策事業を抱えておられますが、そのうちのひとつである農村の産業活性化を目指すプロジェクトで、日本の無償資金協力を求めましたね。ですが審査の結果、残念ながら協力対象から外れてしまった――」

「あぁ、他で援助している活動と内容が重複するとして退《しりぞ》けられた」

「それは断るための口実です。実際は、大使館が調査した結果、あなたのプロジェクトに携《たずさ》わるメンバーの中に、ビサワン共産党の支援者が数名含まれていることが判明したためです」

「彼らは善良な市民だ。活動も正当なものだ……！」

「問題は、彼らが善良な市民か、そうでないかではありません。あなたがご自分のプロジェクトに投じている資金の中に、使途不明な部分があるということです」

ラパス議員は支援者を通じて、まちがいなくビサワン共産党へ一定の金額を払っている。それが表沙汰になれば、彼の政治生命は窮地《きゅうち》に立たされる。

言外にそう匂わせると、議員は深く眉根《まゆね》を寄せた。

「……連中のやり方に賛同しているわけではない。断じて、それはない」

そう言ったきり黙り込む。

隣で、口をはさむか否《いな》か迷う様子の上村を目線で押しとどめた。言いたいことはわかる。実のところ事情は想像がついた。以前アキから、政府の支配が及ばない地域では、現地の共産勢力に活動妨害をちらつかされ、たびたび寄付金をせしめられると耳にしたことがある。

貧困の厳しい地域では必然的に左翼ゲリラの影響力が強くなる。たとえ地域を救うための事業であったとしても、活動を円滑《えんかつ》に進めるためには彼らへの寄付が欠かせないのだろう。

とはいえ国の安全を脅かすテロ組織に金を払っていることは事実である。それをはっきりさせた上で、偲は穏やかに切り出した。

「ラパス議員。警察の取り調べ中に知り得たことで結構です」

それは苦し紛《まぎ》れの口実だ。本来、警察が事件について聴取相手に漏《も》らすことなどありえない。しかしどのような情報であっても、そういうことにする——組織から得たものとは考えない。

暗黙のうちに伝えられた意図に、彼はとうとう白旗を揚げる。

「おとなしそうな顔をして、穏やかならぬやり方に訴えるところは変わらないな。君は昔、私を差別した学生をそうやってやりこめてくれた」

「先生は私にとって大切な方でしたから。日本を嫌いになってほしくなかったのです」

「嫌いになることなどないよ。君も、あの国も……」

深く重い息を押し出しながら、議員は語り出した。

「……誘拐を計画したのはビサワン共産党だろう。目的は活動資金の獲得と、オリバ議員の暗殺の両方だったのではないかと思う。実行したのはＢＡＬ――悪名高い左翼ゲリラの主力部隊らしい。連中は国軍や警察の人間を買収して誘拐を成功させた。だがそんな中、唯一の誤算が生じた」

「誤算？」

「米軍だ。米軍は以前からＢＡＬ内にスパイを送りこんで情報を集めていたらしい。誘拐事件の際には、そのスパイが人質の置かれている状況、基地内の兵力、国軍や警察内の協力者についての情報を流したそうだ。米軍はそれをビサワン国軍に伝えた。にもかかわらず、国軍はＢＡＬの掃討《そうとう》に失敗したのだ」

彼は苦々しい口調で続けた。基地を襲撃した際、国軍側にいくつもの不手際があったこと。そのせいでゲリラを大勢取り逃がしたこと。逃げ去った者の多くが再結集し、態勢の立て直しを図《はか》っていること――

つまりＢＡＬは壊滅したというマリラオ大尉《たいい》の言は、真実ではなかったのだ。

予想はできたことだが、事態が難しい方向に向かっている予感に、額《ひたい》に手を当てて前髪をかき上げる。追い打ちをかけるように、ラパス議員は重々《おもおも》しく断言した。

「残党は、国軍と米軍への報復を固く誓っている。どこかに潜んでふたたび決起の機会をうかがっているはずだ」


講堂を出て車に向かう途中、あっさり出し抜かれた上村が、ぼやき口調で訴えてきた。

「ラパス議員と知り合いなら知り合いって、先に言ってくださいよ！」

「言ったら会うのを反対されるんじゃないかって思ってね。……余計な心配だったかな？」

助手席のドアを開けながら、笑って小首をかしげると、上村はぐっと言葉を詰まらせる。

運転席に乗り込んだ彼は、シートベルトを締めながらぶつぶつと言った。

「ラパス議員もおっしゃってましたけど、桐島《きりしま》さんって穏やかそうな見た目と中身が一致しないタイプですよね。学びました。もうだまされません」

「………」

時々それに似たようなことを言われる。というかまさに昨夜、それはそれは冷たい声で瀬戸に言われた気がする。

『優しい声で電話してくる桐島さんほど信用できないものはありません』

心外である。

「だいたい、仮にも上院議員相手に何をやっちゃってくれるんですか？　ごくごくソフトにでしたけど、脅迫《きょうはく》してましたよね？　後々大使館《われわれ》の仕事に痼《しこり》が残るような真似は勘弁してください」

車を発車させながら、上村はなおもぶつぶつと小言を言う。

「ごもっとも……」と小さな声で返した、そのとき。スマホに着信があった。電話に出ると、硬い少年の声が応じる。

『あ、オレ……』

「レン？」

『昨日の、ビサワンのチャイルド・イン・ピースの代表と会いたいっていう話――』

「あぁ。どうなった？」

『今日の午後二時はどうかって……』

「二時だね。わかった。うかがうよ」

『じゃあ』

あいかわらずそっけないことだ。苦笑しながら訊《たず》ねる。

「待った。その人の名前は？」

『……モレーニ』

簡潔に言って電話は切れた。スマホをしまうと、ハンドルをにぎっていた上村が、気にするようにこちらを見る。偲は肩をすくめた。

「昨日知り合ったんだ。まだ子供だけど、なかなかしっかりした子でね。今回、ある人との仲介を頼んだ」

「そうですか……」

そのとき、上村がふとつぶやいた。

「あれ？　……その子の名前、レンっていうんですか？」

「そう」

「今、一五歳くらい？」

「そうだけど……知ってるの？」

「もしかしたら、僕が会ったことがある子かもしれません。この国に赴任《ふにん》してすぐの仕事だったから覚えてます。七年前に起きた、日本の商社駐在員一家誘拐事件の生き残りらしい子供がいるというので、確認に行ったんです」

「駐在員の誘拐……」

「ええ。夫婦と、当時八歳だった息子が、北部のほうへ遠出した際に被害にあったんです」

そういえばビサワンにおける邦人《ほうじん》の誘拐事件リストの中にあった。

「確か……事件解決を主導した地元警察の中でゴタゴタして、身代金《みのしろきん》の受け渡しがうまくいかなかったんだっけ？　その後、夫妻は遺体で発見されて——」

記憶をたどって言うと、上村がうなずく。

「はい。でも子供はずっと行方《ゆくえ》不明だったんです。それが最近になって、それらしい子がマプアにいるっていう話が大使館に届いたので、訪ねてみたんですけど……両親のこととか、誘拐されたときのこととか、いくら訊《き》いても全然答えが返ってこなくて」

「ふぅん」

「自分はジャパワンだって言ってました。たまたま名前が同じだったから、そういう噂《うわさ》が広がったんじゃないかって」

「その行方不明の子供の名前もレンっていうの?」

「そうです。……名字はなんて言ったかな……?」

2

再びやってきたチャイルド・イン・ピース・ビサワンの施設は、明るい中で見ると、真っ白に塗られたコンクリートの建物だった。

外からのぞけないよう、通りに向けて鉄の門扉と塀が高々とそびえている。その中には何棟かの建物が並び、保護された子供達が、勉強や職業訓練にはげみつつ安全に暮らしているようだ。

スタッフが集う事務所は、学校として使われている建物の中にあった。

午後二時。急な仕事が入ったという上村と別れ、タクシーで向かったところ、思った以上にひどい渋滞にひっかかり、二〇分ほど遅れて到着した。

受付で名前を告げると、スカーフで髪と首元を覆《おお》ったパンツスーツ姿の女性が奥から現れた。遅刻を詫《わ》びようとした偲へ、彼女は目を丸くする。

「もう来たの？　ずいぶん早いのね！」

その瞬間ハッとした。

（そうか。約束の時間より一時間遅れるべきだったっけ……）

この国の時間感覚を失念していた。逆に早すぎたかと心配したが、女性は快《こころよ》く迎えてくれた。

ビサワン支部の代表だというその女性は、四〇歳がらみの中東系の顔立ちである。モレーニ・ラジャビと名乗った。

「お時間を割いていただきありがとうございます」

挨拶《あいさつ》をすると、モレーニ女史は濃く縁取った黒い目を細めて笑う。

「わざわざ日本からアキを捜しに来たのでしょう？　それを聞いたら会わないわけにいかないわ」

そんなことを言って笑う様子からは、温かい人柄が伝わってくる。しかしくっきりと描かれた眉や、厳《いかめ》しいしわの刻まれた口元からは、意志の強さが感じられた。まっすぐな眼《まな》差《ざ》しは男のように鋭い。

どこかアキに似た雰囲気に好感を抱いた。雑談をしながら、向かい合って応接用のソフアーに腰を下ろしたところで、その目がふと輝き出した。

「待って……そうよ、どこかで見たことのある顔だと思ったら！　あなたもしかしてアキがイギリスにいたときのボーイフレンドじゃない⁉　写真を見せてもらったことがあるわ」

「え、えぇ……」

あけすけな問いに、なんとはなし照れてしまう。同時に、彼女が自分のことを職場の人間に話してくれていた事実にうれしさを感じた。それも、おそらくは良い思い出として。

「はい、そうです……」

「やっぱり！　会えてうれしいわ。あなたのことは彼女からよく聞いてたのよ」

モレーニ女史はひとしきりはしゃいで邂逅《かいこう》を喜んだものの、偲が頃合いを見て本題に入ると、やがて顔を曇《くも》らせ首を横にふった。

「残念だけれど私達も何も知らないの。彼女は、本当にある日突然姿を消してしまって……」

「いなくなったのはいつ頃ですか？」

「英雄の祝日《ヒーローズ・ディ》の少しあとだったから……九月に入ってからだと思うわ。『ちょっと出かけてくる』って出ていって、それっきり」

英雄の祝日《ヒーローズ・ディ》は、国の英雄を讃《たた》えるビサワンの祝日である。そして昨年の九月といえば、アキが大使館に助けを求めた頃だ。

「行き先は言いませんでしたか？」

「パーティーに呼ばれたとか言っていたような気がするけど……」

「パーティー、ですか」

「ええ。警察にも届けたけれど捜してもらえなかったわ。彼女は大人だし、それに……」

モレーニ女史は難しい顔でため息をつく。

「仕事がね、きちんと整理されていたのよ」

「整理？」

思わず訊き返す。失踪《しっそう》する前に、もうここへ帰ってこないと知っていたということか。

「つまり、アキは自分の意志で姿を消したと？」

身を乗り出すと、女史は困惑を交えて首をふった。

「私にはわからないわ。でも、そうとしか……」

「仕事でトラブルを抱えていたという可能性はないのでしょうか？」

チャイルド・イン・ピースは、端的《たんてき》に言えば武装組織から兵士を連れ出す活動をしている。場合によっては話し合いがこじれることも、ないとは言えないだろう。

女史もうなずいた。

「確かに、時にはスタッフがトラブルに巻き込まれることもあるわ。でも仕事で起きたリスクは、みんなで共有するのがここのやり方なの。周りに事情を話して、いざというときにどう対処してほしいかを周知させておく。それが結果として活動を維持する――つまりは子供達を守ることにつながるんだもの」

チャイルド・イン・ピースのようなＮＧＯ団体にとって、何より大切なのは活動を続けることである。もしスタッフに犠牲《ぎせい》が出るなどして撤退を余儀なくされた場合、今まで心血を注いできたものすべてを放り出すことになるからだ。

「だから仮に問題があったとして、それがもし仕事に関することだったなら、アキが私達に何も話さないなんてことはないと思うの」

「彼女は仕事上、左翼ゲリラとつながりがあったと聞きました。それはどういった経緯なのでしょうか」

「経緯？　そうね。どこから話せばいいのかしら……」

モレーニ女史は腕を組んだ。不安そうに虚空《こくう》を見つめた。

「チャイルド・イン・ピースは、戦争に駆り出される子供達を救おうと、アイルランドのネルソン神父によって二〇年ほど前に設立された団体よ」

偲はうなずいた。イギリスにいた時分にアキから聞いた。

「最初は南米、それからアフリカと、少しずつ活動を広げていったそうですね」

「ええ。そして三年前、このビサワンにも支部を置こうということになって、アキや私を含めて数名が派遣されてきたの。この国に来て私達はまず、実態を把握《はあく》するために各武力組織について徹底的に情報を集めたわ。それから慎重に組織に近づいたの」

そう言って、彼女は頭部に巻きつけたスカーフ――ヒジャブを指さす。

「私はこの通りだから、信仰を同じくする人々のもとへ。アキは共産党系の武装組織へ。といっても最初はまず、彼らを支援する人々の中に入っていっただけ。そこで少しずつ信用を築いて、味方を増やして、そのあとに組織そのものに接触して……」

「つまり、組織とは比較的良好な関係を築いてきたということでしょうか？」

「えぇ。アフリカなどでは話の通じない無軌道《むきどう》な輩《やから》も多いけれど、ビサワンには昔から伝統的に、子供が大人といっしょに戦う文化があるというだけだから。それは残酷なことなのだと理解させることさえできれば、わりと耳を傾けてくれるのよ。話し合いを重ねて、地道に訴え続ければね」

「なるほど……」

つまり彼らは普段から、言葉と人間関係によって武装グループと相対しているわけだ。誘拐犯との接触に際し、大使館が協力者としてアキに目を付けたことにも納得がいく。

「では昨年、彼女がその人脈をいかして誘拐事件に巻き込まれた日本人を助けたことはご存じですか？」

偲の問いにモレーニ女史は首をふった。簡単に説明すると、彼女は青ざめる。

「ＢＡＬ⁉　左翼ゲリラの中で最も過激な一派よ！」

祈りと思われる言葉を母国語でつぶやき、身を乗り出してくる。

「アキが姿を消したのはそのことと関係があるの？」

「まだはっきりとはわかりませんが、可能性は高いようです。彼女が誘拐事件の交渉《こうしょう》に協力したのは昨年の二月です。それから姿を消した九月までの間、彼女に何か変わった様子はありませんでしたか？」

モレーニ女史は真剣な顔で「そうね……」と思案する。

「……特に変わったことはなかったと思うわ。レンを拾ってきたことくらいかしらね……」

「――――」

突然出てきた名前に不意を衝《つ》かれた。

「彼は、アキがここに連れてきたんですか？」

「そう。たしか四月だったかしら」

「そうですか……」

短く返すと、女史はかばうように続ける。

「でも彼女の失踪にレンが関係してるとは思えないわ。アキはあの子に特別に目をかけていたし、二人はとっても仲が良かったの。それにレンは優しくて、責任感が強くて、まじめな子よ。……今はちょっと気が散ってるみたいだけど」

「何か問題でも？」

「授業をさぼって出歩いてるのよ。ここ二、三日、ずっといないの。ここは監獄《かんごく》じゃないし、少しくらいのサボタージュなら大目に見るけれどね」

その後、チャイルド・イン・ピースの施設の中には、アキが使っていた部屋もあるというので、案内してもらった。

「――この部屋よ」

モレーニ女史に案内されたのは、スタッフの部屋が並ぶ階の角部屋だった。

シンプルなシリンダー錠《じょう》のついた薄い扉を開けると、中は一〇畳ほどのワンルームである。一人暮らしには充分な広さだが、室内はどうにも物寂《ものさび》しい。家具といえば、ベッドとテーブルと椅子《いす》。それにスチールラックだけというそっけなさだった。

「アキが姿を消してから誰も入れてないの。すべてそのままにしてあるわ。ほら、ここに――あら……？」

スチールラックを指して、モレーニは首をかしげる。

「変ね……。そこに写真が飾ってあったはずなんだけど……」

「写真？」

「ええ、あなたとアキが一緒に写ってるものよ」

「ここを出るときに持ち出したのかもしれませんね」

軽く応じた僕に、モレーニは腑《ふ》に落ちない顔を見せながらもうなずいた。

「そうかしら……」

「パソコンは？」

「持ってなかったと思うわ。プライベートなことにはスマホを使っていたから。――私は事務所に戻ってるから、好きなだけ見ていって」

「ありがとうございます」

モレーニ女史が去ると、偲は息をつきながら髪をかき上げ、部屋を見まわした。

壁には、雑誌から切り取ったのか、オックスフォードの街並みを紹介するページが、三枚ほどセロハンテープで貼られている。スチールラックには鏡と化粧品《けしょう》が無造作に並べられていた。

見覚えのあるコンパクトや口紅に、ふと口元がほころぶ。

(ずっとここのを使っていたのか……)

出会ったばかりの頃に、二人で買いそろえたメーカーである。

化粧っ気がないと思っていたら、実はメイクのしかたをよく知らないなどと、年頃の女性とは思えないことを口にしたことから、偲が下地からマスカラまで全部そろえて使い方を教えたのだ。毎日、仕事前に入念に化粧をする母親の姿を見て育った偲のほうが、よほどくわしかったという笑い話である。

オードトワレのボトルを取り上げ、吹き出し口に鼻を近づけると、かすかに彼女が好んで身につけていた香りがただよい、懐かしさがこみ上げてきた。

(未練なのかな。これも……)

彼女が自分と撮った写真を飾っていたと聞いただけで、何やら気分が浮き立ったことに自嘲《じちょう》しベッドに近づいて行くと、その向こうに小さなサイドボードがあることに気づいた。

上にはタイムやニューズウィークといった雑誌が重ねて置かれている。失踪する前に出た号ばかりだったので、本人が購入したのだろう。パラパラとめくってみたが、特別目を引く記事はなかった。

次いで何気なくサイドボードの引き出しを開き——そこで、ふと手を止める。

郵便物や書類の上に、四つに裂かれた写真があったのだ。ゆっくりと四枚の破片を取り出し、ベッドの上に並べてみたが、そんなことをするまでもない。

腕を組んで笑う二人。彼女の手首に輝くアンティークのブレスレット。同じ写真が偲の手帳にもはさまれている。

（なぜこんなこと……）

彼女がやったのだろうか？

写真を見下ろしながら、半袖《はんそで》のシャツを身につけた彼女の剝《む》き出しの腕を、指先でたどる。

そこには古い傷がいくつか浮いていた。

（そういえば結局、訊けずじまいだったな……）

アキの身体《からだ》には複数の傷跡があった。何の傷か、彼女は決して口にしようとしなかったが、両親は交通事故で亡くなったと聞いていたため、そのあたりに原因があるのではと考えた。

（でも一度だけ——）

遠くなった記憶を引き戻す。……そう。一度だけ、彼女が自分の傷跡を見てつぶやいたことがあった。

『ケガだけですんだのは運が良かった。私は一方的な被害者ってわけじゃないから……』

後にも先にも、傷についてアキが自《みずか》らふれたのは、あのときだけ。置き去られた痛みを見つめるまなざしに、語られていない過去を感じた。彼女がそのことに、何か負い目を感じているとも。

『君は今、理不尽な暴力にさらされる子供達を助けているじゃないか。何を抱えていようと、その事実に変わりはない。僕は君の仕事を誇《ほこ》らしく思うよ』

重要なのは、今をどう生きているかということ。過去ではない。そう伝えたつもりだった。

しかし彼女は、偲と視線を合わせるのを避けるように目を伏せた。

『誇りを持って生きたい。……今、自分が生きていることに胸を張りたい』

その視線の先に何があるのか、まるでわからなかった。しかし意味を訊ねたところ、彼女は困ったような笑みと共に口を閉ざしたため、無理に聞きだすことはできなかった。いずれ自分から話してくれるだろうと軽く考えたのだ。

(まさかあんなに急に別れることになるなんて思っていなかったから)

引き出しの奥にセロハンテープを見つけたため、よっつになった写真をなるべくきれいに修復し、もともと飾られていたという場所に戻しておく。引き出しの中にセロハンテープを放り込むと、偲は少々乱暴にそれを閉めた。

後から後から湧き起こる後悔を振り切るように。

※　　※

今日はこのあとも、夕方から夜にかけて約束を詰め込んでいる。着替えのため一度ホテルに戻ったところ、フロントにメッセージが一〇件も残っていた。すべてキャサリン・モラレスという相手からで、「今すぐ電話がほしい」という内容である。

（モラレス氏の娘か……）

一〇件という数を不審に思いつつ、メッセージに残されていた番号に電話をすると、十代の少女のせっぱつまった声が応じた。

『シノブ！　お父《タタイ》さんを助けて！　お願いよ！』

「キャサリン？　どうしたの？」

『タタイが警察に捕まっちゃったの！　無理やり連れてかれて、帰ってこないのよ！』

「警察に？　なぜ？」

『タタイは……タタイは時々、共産党の仕事を手伝うことがあったから……』

「共産党だって……？」

つまりモラレスは機械工という表の顔とは別に、左翼活動家という別の顔も持っていたわけだ。

（訪ねたときにひどく警戒されたのは、そのせいか……）

興奮した少女の声は途切れず続いた。

『タタイはアキを知っているわ。だって二人は友達だったんだもの。アキは去年、うちのパーティーにも来たから、まちがいないわ』

「パーティーに？　いつ？」

『半年くらい前よ。出稼ぎに行ってたお母さん《ナナイ》が帰ってきたお祝いがあって。だから、えええと……九月のはじめよ』

「九月のはじめ――」

『とにかく、悪いのはアルセラルさんよ！　タタイはあの人の言うことを聞いてただけなんだから！　なのにあの人、――ううん、アイツったら私が電話したら、何も知らないって電話を切ったのよ！　ひどいわ、さんざんタタイに手伝わせといて、こんな……！』

「アルセラルさんって誰？」

『政治家よ！　でも裏ではゲリラとつながってるの！　徴収した革命税や、誘拐で稼いだ身代金を献金として受け取る代わりに、共産党の活動に手を貸してるの。悪いのはアイツよ、タタイじゃないわ！』

　必死の訴えを聞きながら、偲は舌打ちする思いだった。

ようやくつながった。おぼろげながら輪郭《りんかく》が見えてきた。

　アキのメールに名前の挙げられていたモラレスが、左翼ゲリラと関係の深い人物で、その家で開かれたパーティーにアキが顔を見せていたということは――。

（セルヒオ・モラレスこそが、アキとＢＡＬをつなぐ接点だったんじゃないか？）

　だがそれならメールに書いておいてくれればいいものを。なぜこんなまわりくどいことをするのだろう？

（一体何を——アキ。何を伝えたいんだ……？）

　考えをめぐらせていた偲は、続くキャサリンの言葉に眉を寄せた。

『お願い、シノブ。タタイを助けて！　タタイはアキがどこにいるのか、きっと知ってるわ！　だって昨日、私に言ったんだもの。アキのことはもう忘れろ、二度と会うことはないだろうからって』

「本当に？　タタイはそんなことを言ったの？」

『本当よ。シノブに何か教えてあげられたらと思って、昨日、タタイにアキのことを訊いてみたの。そうしたら、タタイはすごく怒ったわ……』

　パニックが高じたのか、キャサリンはそこで声を上げて泣き出した。

『シノブ……。どうしよう、タタイはきっと拷問《ごうもん》されて殺されちゃう』

　彼女は父親の裏の顔を知り、そして父親がアキの失踪に何らかの後ろ暗い関わりがあることにも気づいている。にもかかわらずそこにはふれず、アキの行方をほのめかすことでこちらを動かそうとしている。

　真に迫っていながら、どこか真実味に欠けた泣き声に耳を傾けながら、偲は息をついた。感情にまかせて訴えれば同情してもらえると考えているのなら、存外冷静でしたたかだ。

こうなってくると、アルセラルの名前もなりゆきで漏らしたというよりは、自分の父親にだけ罪をなすりつけられてたまるものかという作為《さくい》を感じる。

『……タタイを助けて。お願いよ……』

「調べてはみるけど、たぶん僕は力になれない。いいかい、しっかりするんだ。もし本当にタタイがいなくなってしまうとしたら、これからは自分で身を守らないと」

『……どうすればいいの……？』

「身のまわりの物をまとめて、いつでも逃げられるよう準備をするんだ。それから親戚か、あるいはタタイの仲間に連絡して、逃げ場を確保しておくこと。もしまた警察が来るようなことがあったら家を出たほうがいい」

『……私やお母さん《ナナイ》も捕まるかしら？』

現実的な対処を並べる偲の言葉を聞いているうち、泣き真似どころではなくなってきたようだ。キャサリンはすっかり素に戻って訊ねてくる。この子は自分との会話をどこかへ売るだろう――そんな予感がした。残された母親と自分の安全を買うために。

「……この国の事情はよくわからないけど、普通は家族まで巻き添えになることはないと思う。念のためってやつだよ」

軽い口調で言うと、彼女はようやく少し落ち着いた様子で電話を切った。

偲はそのまま急いで警察署の番号を検索し、発信する。すると何度もたらいまわしにされた挙句、どことも知れない部署に通話をつながれた。

「今日逮捕されたセルヒオ・モラレスの容疑を教えてもらいたい」

そう切り出したところ、太い声が横柄《おうへい》に答える。

『おまえ誰だ？』

「彼の友人だ。弁護士を手配するよう家族に頼まれたから、ひとまず現状を知りたくてね」

『弁護士ぃ？　そんなもの、雇うだけ金の無駄だと言ってやれ』

「どういう意味だ？」

『どうせすぐ釈放《しゃくほう》されるさ』

バカにしたような笑い声の中に、陰惨《いんさん》な響きが混じる。

『いいか、友人さんよ、奴と同じ目にあいたくなきゃ家ん中に閉じこもって自分のことだけ考えてな』

あしらう言葉と共に電話は切られた。活動家仲間と思われたようだ。

だがこれでわかった。キャサリンの言う通り、モラレスはおそらく尋問を受けている。そして助からないだろう。あるいはもう殺されているかもしれない。警察は釈放したと言い張り、家族のもとへ帰ってこないのは本人の意志だと片づける。政治犯から情報を聞き出すとき、多くの国で使われる手だ。

（アキ。なんて世界にいたんだ、君は……）

重苦しい気分で小さなディスプレイに指でふれると、上村に電話をかけ、アルセラル議員の連絡先を調べるよう頼んだ。

3章

『レン！　また漢字ドリルやってない！』

とつぜん母親の怒りを含んだ声が上がり、庭に出て遊んでいたレンはあわててボールを放り出した。

『せっかくおばあちゃんが日本から送ってくれたのに！』

茅葺《かやぶ》きのルーフテラスに向かって走り、そこのデッキチェアに座って新聞を読んでいた父親の背後に逃げ込む。

『まぁいいじゃないか。まだ小学生なんだし、ゆっくりやらせれば』

ドリル片手に仁王立ちの母親へ、父がささやかな助け船を出そうとするが、それはまたたく間に一蹴《いっしゅう》された。

『あなたは黙ってて！　今やっておかないと、日本に帰ってから苦労するのはこの子なのよ』

父は笑みを浮かべ、肩越しにふり返る。

『……だってさ』

幸せだった頃の記憶だ。まだ小学校に通っていた頃。

父親は日本の大きな会社に勤めていて、ビサワンで仕事をしていた。家族は広い家に住んでいた。おおらかな父と、口うるさくも優しい母。幼い頃の自分は、二人の愛情を一身に受けていた。

いずれそれが失われることになるだなんて、想像もしていなかった。

『レン！　わかったの？』

念を押す母の声が少しずつ遠ざかっていく。

わかった、何でも言うこときくから。……だから頼むからこのまま傍《そば》にいて。

この夢を見たときはいつも、必死になってそう祈る。けれど願い虚《むな》しく幸せな過去は消えてゆき、最後には必ず目が覚めてしまうのだ。

「――――」

顔に当たる陽光のまぶしさに手をかざし、目を眇《すが》める。レンはまた新しい朝が来たことを知った。

1

翌日は日曜日だった。

朝、ホテルの部屋でコーヒーを淹《い》れ、テレビのニュースに耳を傾けながら身支度を整えていたところ、上村《うえむら》から電話がくる。おそらくアルセラル議員の件だろう。

昨夜、上村が調べてくれた連絡先に電話をした際、彼は地方の政治集会に参加しているために不在だと言われた。しかし今夜マプアに戻り、マレーシア大使主催のレセプションに出席する予定とのことだったので、そのパーティーに潜り込むことができないか、上村に相談していたのだ。

はきはきとした声が、電話口で明るく響いた。

『マレーシア大使館の知り合いを通じて、招待客リストに桐島《きりしま》さんの名前を載せてもらいましたから。レセプション、お好きな時間に行ってください』

「ありがとう。君は行かないの？」

『その知り合いからも来いって言われたんですけど……たぶん無理だと思います』

「何かあった？」

『ええ、本日付けでテロの警戒情報が出ました。今日はたぶん一日中、大使館詰めになると思います』

外務省は世界各国に渡航、あるいは滞在する邦人《ほうじん》に向け、安全についての情報を提供している。警戒情報が出されたということは、テロの起こる可能性が極めて高いということだ。

上村はすまなそうに続けた。

『ですので、今日は他の件についてもご一緒するのが難しいと思います』

「それは大丈夫。こっちはこっちで何とかするから気にしないで。そちらも大変だろうけど、気をつけて」

『はい。……あ、そうだ。警戒情報、大使館のホームページにアップされてますけど、念のためメールでも送りますね』

【スポット情報　ビサワン：テロの脅威《きょうい》に関する注意喚起《かんき》】

（内容）

1　二月一八日、在ビサワンアメリカ大使館は、信頼できる情報に基《もと》づくとしつつ、テロリスト・グループが数日中にもマプア首都圏で複数の爆弾テロを敢行《かんこう》する恐れがあるとして、注意を呼びかける旨《むね》の自国民向け通知を発しました。同通知においては、アメリカ人は同地域への渡航を避けるよう求め、また、同地域に居住し、又は在勤しているアメリカ人に対しては、目立たない行動に努め、自《みずか》らの安全対策を再確認することに加え、不測の事態を避けるべく、公共の場には近寄らないことを勧めています。

2　さらに、オーストラリア外務貿易省も、同日付けでビサワンに対する渡航情報を更新し、同国におけるテロの脅威が高まっているとしつつ、信頼できる情報によれば、外国人が頻繁《ひんぱん》に集まる場所を対象としたテロ攻撃が計画されており、いつでも発生し得ると警告しています。

3　外国人や不特定多数の人が集まる場所（公共施設、レストラン、ショッピング・モール、デパートなど）及び主要外国関連施設、当国政府関連施設にはできる限り近づかないようにし、やむを得ず近づく場合にもそうした場所では絶えず警戒する、公共輸送機関の利用は避けるなどの安全確保にご留意願います。

しばらく上村が同行できなくなったのを渡りに船と、偲《しのぶ》はレンタカーを借りた。ビサワンのレンタカーは通常若い女性の運転手つきであるらしいが、それは丁重に断り、一人で車に乗り込む。

これで物見高い大使の視線を気にすることなく動くことができる。

今日、約束を取り付けた相手に指定された場所は、マプア市の商業地区にあるカフェだった。

外国企業のビルや高級なショッピングセンターなど近代的な建物が並ぶ一角で、マプアの中でも比較的治安のいい場所として知られている。

偲は約束の時間からきっかり一時間遅れて到着した。セルフサービスの店内で、コーヒーを片手に周囲を見まわしていると、横合いから「エクスキューズミー？」と声がかかる。

「キリシマさんですか？」

ふり向いた先では、若いビサワンの女性が、同じくコーヒーを手に小首をかしげてほほ笑んでいた。濃いメイクに、ひと目でハイブランドとわかるセクシーなワンピース。近づかなくてもただよってくるオードトワレの香りに、かろうじて笑顔を浮かべたまま半歩退《ひ》く。

「……レイチェル・ブレーマンさんですか？」

こちらの確認に、女性は艶然《えんぜん》とうなずいた。

「そうよ。すっごくハンサムね。会えてうれしいわ」

言うまでもなく苦手なタイプである。が、重要な聴き取り相手でもあった。

レイチェル・ブレーマン。資料によると二六歳。政府機関に勤める職員で、昨年の誘拐《ゆうかい》事件で拉致《らち》されたビサワン人の人質のうちの一人である。

二人で空いているテーブルに着くと、彼女は長い髪をしどけなくかき上げ、上目遣いでこちらを見つめつつ事件の際に見聞きしたことについて語り出した。

「私達はＢＡＬの本拠地だった小さな島に連れて行かれたわ。犯人達はそこで暮らしていたみたい。人質は全員、掘っ建て小屋みたいなところに閉じこめられていたんだけど、周りには武器を持った見張りが何人もいて、とても逃げ出せなかったわね」

「昨夜電話をしたとき、月守亜希《つきもりあき》に会ったとおっしゃってましたね。それはどのような状況だったのですか？」

「あぁ……人質の中には一人だけ日本人がいたでしょ？　彼女はその人を助けるために犯人側と交渉《こうしょう》しに来たの。それで、人質の無事を確かめるため小屋に来たとき、『きっと全員助かるから元気を出して』って、私達にも声をかけてくれたのよ」

気休めに過ぎないにしても、そう言わずにはいられなかったのだろう。人質が大勢いる中で、一人についてしか、助ける権限を持っていないというのでは。

話を聞いて偲はそう考えたが、レイチェル達はちがったようだ。

「うれしかったわ。私達のことも助けてくれるんだって希望を持った。だからその後アキがもう一度やってきて、日本人の人質だけを連れ出したときは、裏切られた気分になったわね。全員助かるっていうのは嘘《うそ》だったのかって……。でもそれは間違いだった。彼女は私達を見捨てていなかったのよ」

「というと？」

軽い相づちに、彼女は鼻を鳴らして応じた。

「ビサワン国軍が、人質がいるにもかかわらずＢＡＬの本拠地を攻撃したのは知ってる？　政府は人質の救出よりも武装勢力の基地を潰すことを優先したのよ」

「ですが……報告には、国軍が人質救出作戦を展開したと書かれていましたが」

「嘘よ！」

偲の言葉に彼女は呆《あき》れるように頭をふった。

「そんなの、デタラメもいいとこだわ。国軍は武装勢力と戦っただけ。私達を助けてくれたのはアキよ。彼女がいなかったら、きっとみんな戦闘に巻き込まれて死んでたわ」

「彼女はどうやってあなた達を助けたんですか?」

「ちょうどそのときビサワンで合同訓練をしていた米軍の中に、彼女の知り合いがいたのよ。彼女はフレッドに、国軍による襲撃が始まったら、その混乱を利用して人質を島の外れに移しておくから、助けてやってほしいって言ったらしいわ」

偲は、やや散漫に進められていく話に待ったをかけた。

「アキは知り合いの米軍関係者に、ビサワン人の人質の保護を依頼したのですね? フレッドというのがその相手ですか?」

「ええ、約束通り、国軍とBALが戦っている間に、私達人質は戦闘とは全然関係ないところまで移動したから、フレッドは私達をひそかに米軍の船に乗せて脱出させることができたのよ。そうでなければ手が出せなかったと思うわ。米軍は、ビサワンで訓練はできても実戦には参加できないから」

国軍の報告書によると救出作戦は、当時行われていた米軍との合同軍事演習を一時中断し、参加していた特殊部隊を投入したという。ならば米軍がその場にいたとしても不思議ではない。

救出作戦が国軍による単独の成果のように書かれていたのは、手柄《てがら》を独《ひと》り占めしたいビサワン軍と、作戦への関与が表沙汰《おもてざた》になっては都合の悪い米軍の利害が一致したためか。

（つじつまは合う）

とはいえレイチェルの話だけを鵜呑《うの》みにするわけにもいかない。

「そのフレッドという人物と連絡を取ることはできますか？　その方からも話を聞きたいのですが……」

「できるけど……」

ふと言葉を切り、彼女は深く開いたワンピースの胸元を強調するように、テーブルに両腕をついた。

「紹介したとして、私に何かメリットはあるの？」

「メリットですか――」

「そう、私を喜ばせるような何かよ」

ほほ笑みながらの思わせぶりな問いに内心うめく。

何か気の利いたことを言え、と理性が命令してくる。だがしかし同性が相手であればするする出てくる言葉が、自信に満ちて艶《あで》やかな女性の笑顔を前にすると詰まってしまう。

「……調べれば、すぐにわかることですから……期待に沿えるかどうか……」

おもしろくも何ともない返答に、彼女は白けたように苦笑した。

「あら、私の協力がなければ、彼は面会に応じないわ」

「どういうことです？」

「私のフレッドへの影響力はそれほど大きいということよ」

レイチェルは自信たっぷりに言いきる。

それはどういう意味かと考えたとき、ふと先ほどから気になっていた、彼女の左手薬指の根本にうっすらと残る線に目がいく。気のせいかと思っていたが――

と、そこへ「終わったのか？」という低い声がかけられる。

ふり向こうとした偲の視界の端《はし》で、レイチェルが、どこからか取り出した指輪を左手の薬指にすばやく嵌《は》めた。


やってきたのは、自分より少し年嵩《としかさ》と思われる白人の男だった。彼はレイチェルの椅子《いす》の背に手を置くと、身をかがめて彼女のこめかみにキスをする。

「ちょっと話をするだけとのことだったが……時間がかかっているみたいだな」

それからこちらへ右手を差し出してきた。

「フレッド・ブレーマンだ」

相手の姓を耳にして、偲はやはり、と内心でつぶやく。つまり彼女は自分を救い出した、当の米軍関係者と結婚したのだ。

フレッド・ブレーマンはクルーカットの、見るからに軍人とわかる偉丈夫《いじょうふ》だった。しかし眼差《まなざ》しは知的で揺るぎなく、容易には底を読むことができない。士官クラスと偲は推測した。

レイチェルはすました笑顔で夫を見上げた後、こちらに紹介する。

「夫のフレッドよ。……フレッド、この人はアキの友達のキリシマさん」

「お休みの日にお邪魔してすみません」

「なるべく手短かにすませてもらいたいものだな。妻とはこれから出かける予定なんだ」

友好的に見せているが態度は硬い。どうやら警戒されているようだ。その予想を裏付けるように、彼は椅子に腰を下ろすや、おもむろに名刺を出してきた。必然的にこちらも差し出すことになる。交換した名刺を、ブレーマンはじっくりと眺《なが》めた。

「国際情報統括《とうかつ》官組織……まるで情報機関みたいな名前だ」

偲は笑って頭をふった。

「そうではありません。主に公開情報の収集と分析を行う部署です。日本には、ＣＩＡのような対外情報機関はありませんから」

「ふぅん」

まるきり信じていない様子で、ブレーマンは肩をすくめる。ちなみに彼の肩書きは洋上艦に勤務する海軍大尉《たいい》とのことだった。それこそあやしいものだ。

「キリシマさんは、アキが何かのトラブルに巻き込まれているかもしれないって、調べているそうなの」

妻の説明に、ブレーマンが片眉《まゆ》を上げる。

「トラブル？　どういうことだ？」

「あなたから話を聞ければ、わかることがあるかもしれません」

「あんたがこれまで調べたことも教えてもらえるか？」

「ええ――」

うなずいてから、偲は少し迷いつつ切り出した。

「あの……差し支えなければ、彼女とどんなふうに知り合ったのか教えていただけますか？」

これは、誘拐事件には直接関係のない個人的な興味だ。相手も察したらしく、にやりと人の悪い笑みを浮かべる。

「アキとはアフリカで知り合った。ビサワンに来る前、俺はウガンダで国連軍と共に人道支援を行う任務についていたんだ。だがそれがトラブル続きでね。彼女は個人的な人脈をいかして、国連軍と我々の部隊間を取り持ってくれた。ずいぶん助けられたよ」

（またなんか予想外の話が飛び出してきた……）

偲は目眩《めまい》をこらえるように、指先でこめかみを揉《も》んだ。

「彼女は、国連の人道支援部隊とどういう関わりがあったんでしょうね……？」

次から次へと明らかになる突拍子のない過去に、段々とついていく自信がなくなってくる。

ブレーマンは何でもないといったように両手を軽く広げた。

「アキの手がけていたチャイルド・イン・ピースの活動が、支援部隊からのバックアップを受けていたと聞いた。くわしくは知らないが、彼女がその中にいくらかのパイプを持っていたのは事実だ」

「なるほど」

「その後もたまに連絡を取っていたから、俺がビサワンに転属になった後、彼女も仕事でこの国にやってきたことは知っていた。そうしたらある日、突然電話がかかってきて、誘拐事件の被害者の保護を頼まれたんだ。つまり……」

言葉を切って、彼は手元に置いた偲の名刺に目を落とす。

「……昨年の事件が起きた際、ビサワン国軍は米軍に協力を要請してきた。具体的に言うと、情報提供と後方での支援だが――」

「国軍による基地襲撃の際、米軍は現場にいたということですか？」

「広い意味で言えばイエスだ。だが島に上陸したわけじゃない。我々《われわれ》は、不測の事態に備えて洋上で島を包囲していた国軍艦隊の、さらに後方に待機していた。――もっとはっきり言えば、見ていただけだ」

強い口調に、広報的な意図を感じた。探っていると思われるのは本意ではない。偲は慎重に言葉を選んだ。

「この件において、米軍が直接戦闘に関わっていないことは承知しています。僕が知りたかったのは……つまり襲撃のとき、あなた方は物理的に人質を助けられる位置にいたということですか？」

「そうだ。……彼女から話を聞いたときは驚いたが、アフリカでの借りもあるし、何とかしたいと思って上にかけ合ったんだ。お偉方は戦闘に巻き込まれることを懸念したが、アキはそれを見越して、あらかじめ人質を戦闘とは関係のない場所に移すと約束していた。だから上を説得できたんだ。決して交戦しないって条件で、俺が島へひそかに部隊を連れていき、逃げてきた人質をボートに保護した」

救出の手柄を国軍に譲って恩を売ることができる上、合同軍事演習の有効性を強く印象づけることにもなる。許可を出した米軍上層部の狙いはそんなところだろう——。

簡単にそう説明をすると、ブレーマンは「さて」と切り替えるように前置きをし、テーブルに乗り出していた身体《からだ》を椅子の背に預けた。

「今度はあんたが話す番だ。アキがトラブルに巻き込まれているとはどういう意味だ？」

「先日、突然彼女からメールが来たんです。ビサワンへ行って、人に会ってほしいという内容でした……」

偲は、事のあらましを差し障《さわ》りのない部分のみ説明した。話を聞き終えたブレーマンは眉間《みけん》に深くしわを刻む。

「……BAL内部に米軍のスパイがいる、と……そんな噂《うわさ》が流れたあと、アキは連中とつながりのある活動家のパーティーに顔を出し、それっきり姿をくらましたってことか」

「活動家はその後自分の娘に、アキとはもう二度と会うことはないと言ったそうです」

「最近連絡がないとは思っていたが、そんなことになってたとは……」

苦いものを飲んだようなしかめつらをしていた彼は、しばらくして重い口を開いた。

「その件について私が言えることは何もないが、これだけは断言できる。彼女は違う」

断定的なその言い方――そして先ほどの、こちらの肩書きに関する興味。

それらのことから偲は彼の本来の職務を正確に察した。

「そうですか……」

静かに相づちを打ってから、レイチェルへ向き直る。

「最後に、ひとつだけ確認させてください。アキは、あなたを救出するにあたって、何らかの金銭的要求をしましたか？」

「いいえ」

「他の人に対しては？」

「なかったわ。みんなずっと一緒だったから確かよ」

ブレーマンが眉を寄せて口をはさむ。

「どういうことだ？」

「アキが、金品と引き換えにビサワン人の人質を脱出させたという情報があります」

レイチェルは心外そうに首を横にふった。

「彼女から何かを要求されたことなんてないし、一ペソも支払ってないわよ」

「わかりました」

うなずいて、偲は自分のコーヒーを手に取る。

「すっかり付き合わせてしまいましたね。ありがとうございました。この辺で失礼します」

椅子を引いたところ、二人も一緒に席を立つ。コーヒーを片づけ、出口に向けて並んで歩き出したとき、レイチェルがふと思いついたように髪をかき上げた。

「あ、ねぇ。あの子、捜せないかしら？　もし生きてたら何か知ってるかもしれないわ」

「……あの子？」

「私達、ＢＡＬの基地の中に捕まってたじゃない？　そこから、フレッドと約束した島の外れまで連れていってくれた子よ」

「人質を移動させたのはアキじゃなかったんですか？」

「彼女は助けた日本人を大使館関係者のところまで送り届けなきゃならなかったでしょ。だから国軍が島を制圧したとき、現場にいなかったの」

人質達を米軍と落ち合う場所まで連れていったのは、犯行グループのメンバーで、人質の見張りをしていた兵士だった――レイチェルはそう言った。

「一五歳になるかならないかの男の子よ。あそこには子供みたいな兵士がたくさんいたけど、あの子は日系児《ジャパワン》だったからよく覚えてる」

「――――」

「だからかしらね？　アキは身代金《みのしろきん》の交渉で基地に来た、ほんのちょっとの間に、その子を味方に付けちゃったの。それで国軍の襲撃が始まったら、人質を逃がすようにって言っておいたみたい。でも……」

彼女の口調がやや翳《かげ》りを帯びる。

「逃げてる途中で私達、敵に見つかっちゃって……。それであの子は——レンは、私達を先に行かせて、自分だけ別のほうへ逃げていったわ。追っ手を引き受けてくれたのよ」

「……レンは………」

混乱する頭をどうにか働かせて訊《たず》ねる。

「それでは……彼は、あなた方と一緒には島を脱出しなかったんですね」

ブレーマンが、ばつが悪そうに応じた。

「その子も一緒にと人質達がさわぐんで、しばらくは待ったんだ。だが待ち合わせ場所にはついに姿を見せなかった。そのうち、撤退を始めたBALとかち合いそうになったんで、しかたなく出発した。……かわいそうだが、他の人質のためにもそうするしかなかった」

「無事でいるといいけど……」

レイチェルも言い添える。

偲は二人に向けてうなずいた。

「大丈夫。彼なら無事ですよ。今、マプアで元気に暮らしています」

「よかった！　ずっと心配してたの。あの子にも聞いてみるといいわよ」

店を出て二人と別れると、すぐに車に乗り込んだ。運転席に収まったまま、シートにもたれて深く息をついた。片手で目頭を覆《おお》う。

残党が暗躍しているというBALの内部に、米軍がいまもスパイを潜入させているのは間違いない。

組織が裏切り者の存在に気づいたとき、自分の正体がバレることを恐れたそのスパイが、アキが怪しいと仲間に吹き込んだのではないか。

そしてレン。

（あの子が、ＢＡＬの元少年兵だったということは――）

これまで耳にした情報を組み立てていくと、その意味するところはただひとつ。

その悲しい仮説に、偲は憂鬱《ゆううつ》な気分で固く目を閉じた。

2

昼過ぎにチャイルド・イン・ピースの施設を訪ねた。

子供達が暮らしている建物の中にレンの姿は見当たらなかったが、スタッフに訊《き》いてみたところ、洗濯当番のためそろそろ帰ってくると思うとのことだったので、待たせてもらうことにする。

先日お茶を飲んだリビングでは、一〇歳前後の子供達が数名で輪になり、折り紙の真っ最中だった。きれいな柄の包装紙を使って鶴《つる》を折っている様子をのぞきこむと、一人が訴えてくる。

「ミハルにあげるんだ」

「誕生日か何かなの？」

「うぅん。昨日、日本からミハルのお母《ナ》さん《ナイ》が来たの。二人はケンカしてたよ。それでお母《ナ》さん《ナイ》が帰ってから、ミハルはずっと部屋にこもってて出てこないの。みんな心配してる」

「あぁ……」

彼女は親が、ここで働くことを快《こころよ》く思っていないと言っていた。交わした会話を思い出していると、子供は偲にも包装紙を渡してきた。

「僕達、ミハルを元気にするために、プレゼントをしようと思ってるの」

「なるほど」

参加することを期待されているようだったので、偲は余った紙を引き寄せて、完成した鶴を入れる枡《ます》を折ることにした。

初めのうちは警戒から口数の少なかった年嵩の少年達も、一緒に作業をするうちに少しずつ打ち解けていく。それとなくアキについて水を向けると、彼らはさらに饒舌《じょうぜつ》になった。

「オレのいた組織では、金持ちと外国人は敵って教えてた。だからオレも、初めはアキのことが信じられなかったんだ。だって日本人《ハポン》は外国人な上に金持ちじゃんか」

「敵の中の敵？」

いたずらめかして返すと、少年は笑う。

「アキはいつも、『何が良くて何が悪いのか、自分で見て、考えて判断しろ』って言ってた。人から教えられたことをそのまま信じちゃダメだって。そうすると、オレの周りにいる日本人はアキもミハルもレンも、いい人間だ」

「……レンはジャパワンなんじゃなかったっけ？」

何気なく訊ねると、少年はハッと口をつぐんだ。そして周囲と目線を交わし合う。緊張した空気に気がつかないふりで、偲はハサミを手に取った。

「そうだ。こんなのはどう？」

色紙を小さく折りたたみ、ハサミを当てる。お座敷に出入りする紙切りの芸人から、何度か切り絵を教わったことがある。それを思い出しながらハサミを動かし、切り終えた色紙を開いたところ、何とかきれいな花の形に仕上がった。

子供達から「オーッ」と感心する声が上がる。そのとき、部屋の出入り口で聞き覚えのある声が響いた。

「……あんた、こんなとこで何やってんだ？」

見れば、レンが不審そうな顔でそこに立っていた。偲は子供達の輪から離れる。

「おかえり。君に会いに来たんだ」

古びたデニムにTシャツ、それにサンダルといういつもの軽装で現れたレンは、その言葉に用心深く眼差しを光らせた。

うながすように踵《きびす》を返した彼についていくと、廊下に出たところでふり返る。

「何か用？」

「ひとつ確認したいことがあって」

「確認？」

「そう――水上蓮《みなかみれん》くん」

「…………………」

反応をうかがうために、そこで間を置いてみる。しかし少年のまっすぐな目は、ひとつまばたきをしただけだった。

「日本で、日本人の両親の間に生まれたのに、君は自分が日本人じゃないって大使館の職員に言ったんだって？」

「――――」

「君は七年前、両親と共にＢＡＬに誘拐された。その後、親御さんだけが命を奪われ、君は他の少年達と共に兵士として組織の中で育てられた」

「……この国に来たのは、そんなことを調べるためか？」

「昨年の誘拐事件のあと、アキはマプアで君と再会し、チャイルド・イン・ピースへ連れて来た。……そうだね？」

「そうだけど。それが？」

恬《てん》として訊ね返され、胸の内で小さないら立ちの火花が弾《はじ》ける。偲が彼女を捜していることは、会った日に話したはずだ。アキと親しかったのなら、最初からそう言ってくれればいいものを――。

湧き上がってくる恨み言を押しのけ、最も重要な質問のみを取り上げる。

「君は彼女が今、どこにいるのか知ってる?」

「知らない」

レンは簡潔に答えた。知っていながら教えないつもりか。ふとそんな疑念がわく。しかしそういうわけでもなさそうだ。

どんな変化も見逃すまいと見据えるこちらの視線を、少年はひるむ様子もなく受け止めている。

「アキは急に姿を消した。それ以来、一度も会ってない」

「いなくなったのは去年の九月……か」

つぶやいてため息をつく。やはりそこで足跡が途絶えてしまう。

面倒くさそうに踵を返しかけた少年に、ふと思いつき訊ねてみた。

「じゃあ、ＢＡＬの残党がいる場所は?」

「知るわけないだろ」

「知ってそうな友達もいない?」

「いない。オレ、たぶん死んだと思われてるし」

無造作な返答に意表を突かれた。

「君が人質を逃がしたことを、彼らは知らないということ?」

「いきなり国軍の襲撃を受けて、あのときはみんな混乱してたから。人質がいたのは掘っ立て小屋だったし、勝手に逃げられてもおかしくない状況だった」

レンは強い口調で言葉を切った。それから「つきまとうなよ」とだけ言い残すと、こちらの視線を振り払うようにして、今度こそ身をひるがえす。

偲も出入り口へと向かいながら、廊下の奥へ去っていく細い背中を、一度だけふり返った。

※　※

その後も人と会う約束をいくつかこなしたものの、めぼしい収穫はなかった。

夕方になってホテルへ戻ると、出る前にプレスを頼んでおいたスーツが届いていた。シャワーを浴び、身仕度を整えて、今度はマレーシア大使の公邸へ向かう。

敷地内の広い駐車場に車を駐《と》め、正面玄関に向けて歩いた。豪勢な白亜《はくあ》の邸内《ていない》では、すでにレセプションが始まっているようだ。木々の茂みに阻《はば》まれて会場は見えないが、きらびやかな明かりと、談笑する人々の声が外まで届いてくる。

その途中、偲はふと足を止めた。正面玄関から外に出てきた人物も、こちらに気づいて足を止める。

「……よぉ」

にやりと笑う、真っ黒に日焼けした顔を目にした瞬間、凍りついた。

「あなたは……っ」

耳たぶの欠けた左耳を凝視してうめく。着くずしたスーツの下、右腕には牙《きば》を剝《む》いた猛《もう》獣《じゅう》のタトゥーがあるはずだ。

モラレスの家で会った男は、小馬鹿《こばか》にするような薄笑いを浮かべた。

「女は見つかったのか？」

「――……」

立ちつくす偲を前に、相手は目尻《めじり》のしわを深くして、くっくっと喉《のど》の奥で笑う。そしてすれ違いざま、肩をたたいてきた。

「ここに来るとわかっていれば、決着をつけたのに」

「決着？」

「おまえをあいつと同じ目に遭《あ》わせてやる。あいつは自分の利益のために俺達を売ろうとした。――天罰を受けたのさ」

「どういう意味だ？　あいつとは誰のことだ……っ」

問いを重ねる偲の肩を二度ほどたたき、相手は去っていった。ポケットに手を入れ、悠然とした足取りで離れて行く姿を、眉根を寄せて見送っていると、傍《かたわ》らからスタッフに声をかけられる。

「ミスター、どうかなさいましたか？」

「……いや、なんでもない」

首をふって玄関まで歩を進め、招待客の名簿をチェックしているスタッフに名前を告げる。

「アルセラル議員はもういらしているかな？」

相手は名簿を指でたどり、うなずいた。

「えぇ、中にいらっしゃいます」

「ありがとう」

上村から送られてきた資料によると、アルセラル議員は主義主張よりも損得で動くタイプのようだ。見返り次第では、左翼系の組織との仲介を——うまくすればＢＡＬとの接触を可能にしてくれるかもしれない。

廊下で談笑しているゲストの中をすり抜けて会場に向かうと、メイン会場となっているホールには、すでに大勢の客が集まっていた。さざめくようなクラシックが流れる中、歓談する人々の顔を確認していくが、アルセラル議員は見当たらない。代わりに、耳の端に気になる名前が引っかかる。

そちらへ目をやると、初老の紳士が数名のゲストと話をしていた。しばらく後、紳士がその輪の中から外れたことを確認し、そちらへ向かう。

「ラパス先生」

「おぉ、キリシマくん！」

「その節は大変失礼しました」

「いや、ちょうどよかった」

白髪でやせ形の紳士は、ビサワンでの男性の正装であるバロンを身につけていた。バナナの葉の繊維で作った織物で、胸の部分に見事な刺繍《ししゅう》が施されている。

彼は周囲を気にするように見まわしてから、笑いかけてきた。

「ちょうど君と話がしたいと思ってたところだ」

「私と？」

「君は『チャイルド・イン・ピース』のモレーニ代表を訪ねたそうだな」

「ええ。彼女をご存じなのですか？」

「私が携《たずさ》わる貧困対策の事業といくらか関わりがあるからな。モレーニ代表とは時々連絡を取っている」

その言葉に思わず息を呑む。

「それでは……スタッフが一人行方《ゆくえ》不明だということも？」

「その話は昨日聞いた。スタッフの失踪が、あの誘拐事件に関わっている可能性があると知った彼女が、私に連絡してきたんだ。君の用事も、事件というよりは失踪についての調査のほうがメインだとか」

「……すみません」

説明しなかったことが多くある点を認めると、議員は苦笑した。

「言えなかったのは、私がＢＡＬに通じていないという確証がなかったためか？」

その通りです――とは、さすがに口に出せなかった。偲は何も答えずに視線を受け止める。すると議員は穏やかな笑顔を浮かべた。

「私はこの国の各地で、様々な貧困支援事業を手がけている」

「存じております」

追加の調査でその幅広さを知り、改めて驚いたことを思い出しながらうなずく。つまり彼は、この国の大多数を占める中下層階級に、広い人脈と影響力を持っているということだ。

「そこからは様々な情報が寄せられてくるのだが――」

彼は、聞き取れるぎりぎりまで声を落とした。

「最近、現政権に対して不満を持っている勢力が、国軍の中に多く存在するという話をよく耳にする。それについて調べた結果、ある確信を得た」

「と、おっしゃいますと？」

「反大統領の旗のもとに、野党陣営や国軍の一部、それに共産勢力が、暫定《ざんてい》的に手を結ぶ可能性がある。それも近々に」

「――――」

「彼らの最終的な目的は、現政権の強力な後ろ盾となっている米国と、その先鋒《せんぽう》である米軍に行き着くはずだ」

クーデター、の五文字が偲の脳裏《のうり》をよぎった。

「……なぜ私にそんなことを？」

「日本で働いていた私が、日本人の君と話すのはごく自然なことだ。誰も怪しまないからな」

含みのある口調で言い、ラパス議員は目尻のしわを深くしてほほ笑む。傍らから声をかけられたのを機に、彼はそれとなく離れていった。

怪しまれないとはどういう意味なのか——首をかしげていた、そのとき。

突然、どこか遠くから女性の悲鳴が聞こえてきた。その後、動揺するような大声と、バタバタとした忙《せわ》しない足音が続く。何かあったようだ。

ざわつき、不安そうに顔を見合わせるゲスト達の間に、ほどなく事の次第が伝わってきた。

「アルセラル議員が遺体で見つかったそうよ！」

いち早く話を聞きつけた婦人の声が、会場中に響き渡る。

銃で額《ひたい》を撃ち抜かれての即死。犯人はわかっていない……。

泡を食った様子でまくしたてる婦人達の声を聞いた瞬間、左の耳たぶの欠けた色黒な男の顔が——ニヤリとくちびるを歪《ゆが》める、不穏当《ふおんとう》な笑顔が偲の脳裏を横切った。

※　　※

疲労感を胸に帰途につき、ホテルの部屋に戻ったときには夜中の一二時をまわっていた。

ベッドの上にジャケットとネクタイを放り、テレビをつけたところでスマホが鳴り出す。

相手はフレッド・ブレーマンだった。彼は夜遅くの電話を詫《わ》びた上で、急な頼みがあると切り出す。

『明日なるべく早く、時間を取ってもらえないか』

「何のために？」

『俺の上官に会ってほしい。ウィルソン少佐というんだが、君と話したいと、ついさっき連絡が来て……』

唐突な申し出に驚きつつも、偲はそれが、ラパス議員から耳打ちされた件に関係があると直感した。

（こういうことだったのか――）

いま現在自分が直面している問題からは外れてしまうが、断る理由もない。何より議員には借りがある。

「どこへ行けばいいですか？」

『昼の一二時に、ブルガス通りにある「プエルト・マプア」というレストランを予約しておく。有名な店だからホテルのコンシェルジュに訊けばすぐわかる』

「わかりました」

『じゃあ――』

通話を切ろうとする気配に向け、声をねじ込む。

「あの、ひとつだけいいですか？」

『なんだ』

「ちょっと気になる人物がいるのですが……、ＢＡＬにつながりがあると思われる男です」

『男？』

「名前はわかりません。身長は五・五フィートくらい、髪は短く刈り上げていて真っ黒に日焼けしています。左の耳たぶが欠けていて、右腕に牙を剝いた虎《とら》のようなタトゥーがある男なのですが、ご存じありませんか？」

　問いに、彼はあ然としたように応じた。

『……カ・ドクに会ったのか？』

「カ・ドク？」

『あぁ。ＢＡＬの幹部で最重要指名手配犯だ』

　説明によると、カ・ドクは重要な作戦には必ず参加する古株の戦闘員で、軍のブラックリストのトップに名前が載る凶悪なテロリストであるという。

『次に見かけたら、すぐに連絡をくれ。それから、あんたはヤツに近づくな』

　言いふくめる口調は強硬だった。

　ブレーマンとの通話を終えると、すぐ上村に電話をかけて二、三の資料をメールで送るよう依頼する。そしてノートパソコンを立ち上げ、国軍や左翼勢力に関する情報を洗い直した。ビサワン国内のサイトはもちろんのこと、海外のメディア、ジャーナリスト、学者、政府関連レポートなど、思いつく限りあらゆる方面の記事に目を通す。

　自分の仕事に関わりがあるかどうかはわからない。しかしなぜか、今の電話と共に目の前に現れた道がアキのもとへつながっている——そんな確信があった。

　確証は何もない。それでも予感に衝《つ》き動かされるようにして、ノートパソコンのモニタに見入り続けた。

4章

路上で寝るのを苦に思ったことはない。エアコンのない施設の大部屋と比べると、風通しが良いぶん外のほうが快適ですらあった。

　きっと彼はそんなことを知らないだろう。それどころか考えたこともないはずだ。

ダークスーツに身を包んだ長身は、光あふれる外国の大使公邸の中へ、颯爽《さっそう》と歩いていった。扉の両側に張り付いたドアマンに恭《うやうや》しく中へ誘導されている姿を見ると、住む世界の差というものを思い知らされる。

　けれどそれは、アキをはじめとする多くの人々を踏みつけた結果であるに違いない。彼が、あのきらびやかな世界で飲み物片手に談笑していられるのは、必要なときに必要なだけ無慈悲にも恥知らずにもなれるからだ。そうでなければ人は、権力も財力も得ることなどかなわないのだから。

　それなのに。

　彼が泊まるホテルを視界内に収め、道ばたのベンチに横になれば、思い出すのはハサミを手に子供達に囲まれている姿。

「ちきしょう……」

『左のパーツがニンベンっていって、「人」の意味。右側が「思う」っていう字。いつも人を思い、人から思われるような人間であれって……そんな願いの込められた名前なんだって』

幸せそうな笑みを浮かべ、アキはそう言っていた。何と読むのか訊《たず》ねた自分へ、彼女は大切なものをそっと抱きしめるように囁《ささや》いた。

『シノブ。キリシマ、シノブ……』

想いのこもったつぶやきを聞いたときは、胃がねじれるほど腹立たしかったのに。

「なんでだよ……」

どのようにあら探しをしようと、彼を嫌う理由は見あたらなかった。

だが彼はすべての元凶であるはずだ。のばされてきた手を見て見ぬふりをした、許しがたい卑怯者《ひきょうもの》。アキを愛し、彼女から愛されていたくせに、保身のために裏切った。

自分に言い聞かせるようにそれらの事実を思い起こし、気力を奮い立たせる。

萎《な》えている場合ではない。これからが本番だ。

彼を危険の渦中に放り込むことを、ためらってはならない。そうやって、自分のしたことのツケを払わせる——ただそれだけのことなのだから。

1

偲《しのぶ》は翌日の正午、指定されたレストラン『プエルト・マプア』へ到着した。何のことはない、アメリカ大使館の近くにあり、ランチミーティングによく使われる店のようだ。

スペインによる植民地時代の邸宅を改装したらしく、西洋風の立派な外観である。門から玄関前までのゆったりとしたスロープの周囲には芝と花壇が広がり、ちょっとした庭園のようだった。

ランチの客が集まり始める時間なのだろう。車寄せのところには車が数台連なって人が乗り降りしていた。偲はその手前に車を駐《と》めて降り、駆けよってきた従業員にキーを渡す。

白い御影石《みかげいし》の敷かれたスロープを歩いて出入り口へ向かう途中、どこからか視線を感じた。歩調をゆるめ、さりげなく周囲を見まわす。出入り口で客を迎えていた従業員の女性と目が合い、にっこりと営業スマイルを返された。これは違う。

ゆっくりと歩を進めながら、人が隠れることのできそうな場所を端《はし》からチェックしていった。そのとき。

——偲！

どこかで自分を呼ぶアキの声が響いたような気がして、思わず足を止める。そしてふり返った、次の瞬間。

ドォン!!

突如、ごく近くで爆発音があがり、偲はそれと認識する間もなく強い力で歩道に叩きつけられた。肩から背中にかけて強い痛みが走る。

衝撃が過ぎるのを待つ間、ぬるい風に乗ってただよってきた埃《ほこり》に咳《せ》き込んだ。加えてひどい耳鳴りが頭の中で響く。硬い地面の感触を頼りに何とか身を起こすと、レストランの玄関を中心に、走りまわる人々と動かない人々の姿が目に入った。

耳鳴りのせいで音が聞こえず、どこか遠い出来事のように感じる。しかし目の前――一面ガラス張りだった出入り口付近では、ガラスがすべてふき飛び複数の人間が血を流して倒れている。

足を止めず、あと少し先に進んでいたら、自分もあの中に入っていたかもしれない。前方に散乱するガラスを目にして呆然《ぼうぜん》としていると、走りまわっていた従業員が一人、こちらへやってきた。

「立て………か？　どこ…………いたみ…………か?」

口を大きく開けて言う。おそらく叫んでいるのだろう。話しかけてくる相手へジェスチャーで大丈夫だと伝え、偲は一人で立ち上がった。肩がズキズキと痛み、多少すり傷もあるが、他に異常はない。聴覚もしばらくすると少しずつ復活した。

運が良かった。その思いをかみしめる。

衝撃から立ち直ると、慌ただしく行き交う人々をかき分けるようにして、その場にいる人間の顔をすべて確かめた。忙しげな従業員達、ショックに放心している客、それに寄り添うまた別の客、ひとまず避難し様子をうかがう客、客、客……。

「アキ……？」

目当ての姿はどこにもない。車寄せを美しく彩る芝や花壇にも、陽光の照り返しに目のくらむ白い歩道にも……どこにも。

「いるなら出てきてくれ！　――アキ！」

耳を澄《す》まし、目を凝《こ》らし、いくら待っても返事はなかった。立ちつくすうち、レストランの出入り口のほうで自分の名前を呼ぶ声がした。

「ミスターキリシマ！　……ミスターキリシマ！　いらっしゃいませんか？」

ふり向くと、黒いスーツ姿の男が、その場にいた唯一の日本人客に目を止めて近づいてくる。

「あなたがミスターキリシマですか？」

「そうですが……」

「フロア・マネージャーのボホールです。お怪我《けが》は？」

「ありません」

「それはよかった」

人の好《よ》さそうな中年のマネージャーは、褐色《かっしょく》の面《おもて》に安堵《あんど》の表情を浮かべる。

「たった今、ウィルソン少佐からお電話がありまして、こちらに向かっていたのですが急な事情によりアメリカ大使館へ戻らなければならなくなったため、もし可能であればそちらでお会いしたいというメッセージをお預かりしました。どうやらアメリカ大使館付近でも爆発があったようです」

「え……?」


レストランで、血のにじむ傷だけ簡単に処置をさせてもらうと、偲はすぐにレンタカーに乗り込み、市街へ出た。

昨日発出されたテロへの注意喚起《かんき》が現実となったようだ。

爆発は他の場所でも起きているらしく、マプア市内はパトカーや救急車がひっきりなしに行き交い、サイレンの鳴り響く騒然とした雰囲気である。

アメリカ大使館に到着すると、すぐにウィルソン少佐のオフィスへと通された。

迎えたのは、四〇代と思しきアフリカ系の男性である。ブレーマンの上官と聞いていたが、見るからに鍛《きた》えられた部下とは違い、軍服に包んだ身体《からだ》は中肉中背で多少腹回りがゆるい。オフィスワーク専門といった態《てい》だが、ひんやりとした眼差《まなざ》しがその中で異彩を放っている。

内面まで踏み入ってこようとする執拗《しつよう》な目を、偲は正面から見据《みす》えて握手をした。

「初めまして」

「お呼びだてして申し訳ない。おまけにとんだ騒ぎが起きて立て込んでいましてね。怪我などされていませんか？」

「ええ、大したことはありません。爆風を浴びて少し煤《すす》けた程度です」

スーツの汚れた箇所を指さすと、ウィルソンは笑い、向かい合ってソファーに腰を下ろした。

「ビサワンでのお仕事はどうです？」

「おかげさまで何とかやっています。ブレーマン大尉《たいい》にはお世話になりました」

話の合間にデスクの電話が鳴り、ウィルソンが手をのばす。短いやり取りのあと、彼は受話器を置いた。

「やはりというべきか、どうやら連続爆破テロだったようです。ただ……市内に何箇所か設置された爆弾の中で、『プエルト・マプア』の爆弾だけ遠隔操作によるものだったとか」

「つまり、何者かが離れたところからタイミングを計って爆発させたということですか？」

「被害者の中にこれといった重要人物はいなかったようですが――」

そう言い、ウィルソンはふと気がついたようにこちらを見る。

「そういえば、あなたも巻き込まれたのでしたね。……何か、狙われるような心当たりは？」

「僕はほんの三日前にビサワンに来たばかりです。心当たりなど……」

首をふりながら、初日にバイクに乗った二人組に襲われたことをちらりと思い出す。

アキを裏切り者として追う武装勢力が、彼女を助けようとあれこれ嗅《か》ぎまわる異国の人間を、偶然を装って殺そうとしたというのは考え過ぎだろうか？

（いや、証拠は何もない……）

——おまえをあいつと同じ目に遭《あ》わせてやる
嬲《なぶ》るようなカ・ドクの声音《こわね》を思考の隅《すみ》へと押しやり、こちらを見つめる相手に向けて首を横にふった。

「心当たりなどありません」

ウィルソンは小さくうなずき、本題に入る。

「昨日、マレーシア大使主催のパーティーでラパス上院議員とお話しされたようですね」

「ええ」

「彼は現実的で志《こころざし》の高い政治家だ。長い混乱期を引きずるこの国の政局においては、彼のように信念のある指導者こそ必要とされる」

「同感です」

うなずきながら、ラパス議員の手腕に舌を巻いた。彼は左翼勢力のみならず、米軍ともつながりを持っているようだ。それもごく秘密裏に。

「彼は米軍《あなたがた》との接触に、非常に慎重だということですね。——僕という、飛び入りの人間をメッセンジャーにするほどに」

　ウィルソンは、くちびるの端を持ち上げて笑った。

「慎重にならざるを得ません。ＢＡＬについての情報を我々にもたらすことになっていたアルセラル議員が、あのような形で殺されたとあっては」

「それでは、あれは……」

　アルセラル議員は米軍からの接触を受け、要請に応じようとしたことを組織に気づかれて処刑されたということか。ウィルソンはうなずいた。

「ラパス議員は、貧困問題を掲げる共産勢力の主張に理解を示しつつも、彼らの常套《じょうとう》手段であるテロ活動には否定的です。この国の政情をなるべく安定させておきたい。その一点において、我々の利害は一致しているのです」

　大統領派を味方につけるだけでは手に入らない情報を必要としている米軍と、反体制勢力とも関係を持ちながら強硬な手段による混乱を望まないラパス議員。お互いそしらぬ顔をしつつ、それを防ぐ方向で手を組んでいるのだろう。

　偲は昨夜のパーティーで耳打ちされたことを切り出した。

「ラパス議員は各方面との接触を通して、野党や国軍の一部、それに共産勢力が一時的に手を組む可能性があるとの確信を得たそうです」

「つまり国軍の不穏分子と左翼ゲリラが一丸となって決起すると？　――にわかには信じがたい話だな」

「ええ、ですが……」

偲もそう思った。だからこそ昨夜、徹底的に情報を洗ってみたのだ。その結果、ラパス議員の意見にも信憑性《しんぴょう》があるとわかった。

おそらく今日の凶行は、国民や外国の危機感をあおり、政権への不信を高めることが目的だろう。

「仮に政権転覆を果たした臨時政府が、左翼ゲリラと停戦協定を結び、停滞している和平交渉《こうしょう》を再開させるとすればどうでしょう？　それによって、それまで国民を悩ませていたテロをひとまず終息させたら？」

政権への不信を許容できなくなった民衆の求めに応じた、「正当な」クーデター。そう演出することこそが彼らの目的なのではないか。

こちらの予測に、ウィルソンが小さく応じる。

「……今日の事件は布石か」

偲はうなずいた。

「議員は、彼らの目標は、現政権の後ろ盾である米国を排除することだとおっしゃっていました。今現在、あなた方はビサワンの法に則《のっと》って行動し、実戦を行ってはいません。ですがもし襲撃を受けたなら反撃しないわけにはいかないはずです。国内で米軍の軍事行動を許せば、あなた方を擁《よう》してきた現政権にとっては大きな痛手になります」

「………」

眉間《みけん》にしわを寄せて黙り込むウィルソンに向け、彼の最大の懸念――情報収集を急いでいたと思われる理由についてもつけ足した。

「ちょうどサミットもせまってきていることですし」

出席するために大統領が国外に出れば、クーデターを起こす好機となる。それを恐れて出席しなかった場合、面目《めんぼく》丸つぶれで野党による糾弾《きゅうだん》の元となる。

どちらに転んでも、この国の安定を望む者達にとって望ましくない事態であることにまちがいはなかった。とはいえそれを憂慮《ゆうりょ》するのは自分の仕事ではない。すでに期待された役割は果たしたのだから。

偲はソファーの肘《ひじ》掛けをつかんだ。

「そろそろお暇《いとま》します」

そう断って腰を上げると、ウィルソンも区切りをつけるように両膝《ひざ》に手を置き、立ち上がる。

「来ていただいてよかった。このお礼は必ず」

「どうも」

別れの握手に応じながら、お礼の中身はこちらが指示できるものなのかどうか、考えをめぐらせた。

2

【スポット情報　ビサワン：テロの脅威《きょうい》に関する注意喚起】

（内容）

1　ビサワン北部については、二月一八日付けで注意喚起を発出しましたが、以降、下記の連続爆弾テロ事件が発生しています。

（1）一九日、午後〇時ごろ。ジカポ地区の市場で爆弾が爆発し、少なくとも八人が負傷。

（2）一九日、午後〇時ごろ。ブルガス通りのレストランで爆弾が爆発し、少なくとも二人が死亡、一五人が負傷。

（3）一九日、午後〇時ごろ。アメリカ大使館付近で爆弾が爆発。（死傷者なし）

（4）一九日、午後〇時ごろ。カラティ市の商店及び銀行の前で爆弾が爆発し、少なくとも六人が負傷。

（5）一九日、午後〇時ごろ。ゴソン市の警察施設付近でトラックに積まれた爆弾が爆発し、少なくとも四人が死亡、一八人が負傷。

2　また本日、英国外務省も、ビサワンに対する渡航情報を更新し、テロリストによる攻撃が最終段階にあるとして、渡航を自粛《じしゅく》するよう呼びかけています。

3　ビサワンへの渡航を検討されている方は、上記の各国政府の注意喚起にも留意し、危険情報に応じて渡航の延期等について判断すると共に、事前に外務省、現地の在外公館や関係機関、現地報道等より最新情報を入手するよう努めてください。

※　　※

ホテルに戻って汚れたスーツを脱いだ偲は、そのついでにシャワーを浴び、かすり傷を消毒し直した。つけっぱなしにしているテレビでは、ビサワン政府が非常事態宣言を出したことと、連続爆破テロを受け多数の左翼活動家や支援者らが逮捕されたというニュースが、くり返し流れていた。

クーデターの前哨《ぜんしょう》戦として社会不安を煽《あお》るのが目的なのだとすれば、ＢＡＬの残党も実行部隊として関わっている可能性が高い。

（――そうか）

モラレスに接触した直後に襲われたのは、おそらく彼が偲のことを組織に報告したためだ。彼らが隠したがっていたのは、アキの行方《ゆくえ》ではなく、一連のクーデター計画についてだったのではないだろうか。

（だとしたら交渉の余地があるかもしれない）

彼らが一番恐れているのは、当局に目を付けられること。

そして自分が今回この国に来たのは、あくまでもアキを捜し出してメールの真意を聞き出すためなのだから。

（ＢＡＬと直接コンタクトを取るルートがあればいいんだけど……）

うーん、と眉《まゆ》を寄せて考えた末、ふとレンの顔が思い浮かんだ。しかしすぐにそれを否定する。巻き込むわけにはいかない。

万一彼が生きていることが知られれば、かくまっているチャイルド・イン・ピースにまで影響が及びかねない。

（たぶん彼もそのことを心得ている……）

アキと親しかったというわりに、積極的に彼女を捜そうとする様子が見えないのも、そのせいだろう。

（だが――）

レンは本当に彼女の失踪《しっそう》について何も知らないのだろうか？

調べるにつれて少しずつ明らかになってくる、一年前の事件についての情報の齟齬《そご》。

何かが隠されている。のみならず、改ざんされている。何かにとって――あるいは何者かにとって都合の良いように。

（アキ……。今どこにいる？　何をしている？　僕に何を訴えたいんだ？）

彼女は本来なら裏でこそこそと動くような人間ではない。おそらくは自由がないため、こんな方法を取らざるを得ないに違いない。

（何が君を、表に出てこられないようなところへ押し込めているんだ……！）

テレビの前のベッドに腰掛け、膝の上に肘をついて固く組んだ両手に額を押し当てる。

（どうか無事でいてくれ——）

今願うのはそれだけだ。心を振りしぼるようにして、ただそれだけを祈った。

そのとき、スマホの着信音が鳴る。調査室の瀬戸《せと》くるみからだった。アキの戸籍についての確認を頼んでおいたのだ。

電話を取り、簡単な挨拶《あいさつ》に続く話の内容に耳を傾けるうち、偲は次第に血の気が引いていくのを感じた。

「……なんだって？」

『結論を言えば、現時点では、月守亜希さんは日本国民として戸籍を有しているということです。パスポートも取れますよ？　申請はされていないようですけど』

その事実と、これまで見聞きした情報とを照らし合わせる頭の中で、めまぐるしい勢いで仮説が組み立てられていく。

礼を言う間も惜しい気持ちで電話を切った。ふるえるほどの衝撃と怒りの中、もどかしい思いで上村《うえむら》に電話をかける。すると思いがけず、先に向こうがまくしたててきた。

『桐島《きりしま》さん？　電話しようと思ってたんですよ！　今日「プエルト・マプア」でのテロの現場に居合わせませんでした？　日本人が巻き込まれたって噂《うわさ》が流れて、確認が大変だったんですよ。幸いレストランのマネージャーが名前を覚えててくれたから助かりましたけど。ちゃんと報告してくれないと困りますよ』

　その訴えにおざなりに返事をし、強引に話を変える。昨年の事件において誘拐《ゆうかい》された邦人の人質の連絡先を知りたいと告げると、上村はそれまでのはきはきとした語調を、急ににごらせた。

『あの、連絡なら僕が……』

「上村君、君のせいじゃないのはわかってる」

　偲はさえぎるように言った。

「君は上から言われた通りにしただけだ。そうだろう？」

『………』

　しばらく待っていると、上村は迷う様子ながらも電話番号を口にする。通話を切るや、偲はその番号にかけた。

　日本のODA事業に携《たずさ》わる企業の社員として、殺害された議員と共に現地調査に向かったというその元人質は、事件直後はショックを受けていたものの、今ではすっかり元通りの生活を送っていると話した。

思った通り、精神的な衝撃がひどく面会を拒《こば》んでいるというのは上村の嘘《うそ》だった。この人物と自分とを接触させまいとする大使の指示だろう。

そして偲が身分を明かすと、本来なら国との誓約があるため話すことができないが……と前置きをした上で、相手は事件についてのあらましを語った。

その内容に、とりたてて目新しいことはなかった。──たったひとつ、事件後に感謝の気持ちを込めて、アキの活動母体であるチャイルド・イン・ピースにまとまった額の寄付をしたという事実を除いては。

「──────」

これですべてつながった。

偲は汚れて脱いだ上着を乱暴につかむや、足音も高く部屋をあとにした。

※　　※

大通りに面して建つ日本大使館は、四階建ての大きな建物だった。テロの発生を受けてか、いまは物々しい雰囲気である。屈強なガードマンに加え、普段はいないはずの国軍の兵士までもが警護に当たっている。

とはいえ、外交官身分証明書を持つ日本人へのチェックは形式的なものだ。

館内に進むと、そこもまたピリピリとした雰囲気に包まれていた。人と情報とがせわしなく行き交う様を横目に足早に階段を上っていくと、見知らぬ職員に呼び止められる。

「君、そっちは大使の部屋だ。約束がない者は入れない」

「失礼、本省から派遣されてきました桐島と申します」

笑みを浮かべてIDを見せたところ、ひとまず不審人物でないと判断されたようだ。相手はホッとした顔でうなずいた。

「そうでしたか。失礼しました。今、廣川《ひろかわ》大使に連絡を――あ、ちょっと！」

取り次ぎを頼んだところで、門前払いをされるのは目に見えている。職員の鼻先をすり抜けるようにして強引に大使執務室へ向かったところ、相手は追いすがってきた。それを振り払い、奥へ進んでいく。

おざなりにノックをし、返事もないまま室内へ乗り込んでいくと、目的の相手が、執務机で読んでいた書類から顔を上げた。

「何だね、君は」

「国際情報統括《とうかつ》官組織 調査室の桐島です。昨年の誘拐事件についてお話をうかがいたく、無礼を承知でまいりました」

「……君が桐島君か」

名前を耳にして、廣川大使の面に驚きが広がる。しかしすぐに不快感を示すように眉間にしわを寄せた。

「こんなふうに傍若無人《ぼうじゃくぶじん》に乗り込んでくるのが君らのやり方か」

「二、三お訊《き》きしたいことがあるだけです。それが終われば退散します」

偲の言《げん》に、彼は一緒に部屋へ乱入してきた他の職員を退出させる。扉が閉ざされたことを確認し、早速本題に入った。

「昨年の九月、月守《つきもり》亜希《あき》との間に何があったのですか？」

「何、とは？」

「その時点では、確かに日本国内に月守亜希という女性の戸籍は存在していませんでした。――一連の手続きが完了したのは昨年の一一月でしたから」

激するあまり声が震えそうになるのを必死に自制する。瀬戸からもたらされた報は、それほど許しがたい内容だった。

「昨年の三月にその名前で国籍取得の申請がされ、一〇月には許可が下りている。翌月には戸籍も作成されていて、つまり現在、彼女はれっきとした日本人というわけです」

通常、国籍を取得する際には、日本に五年以上住んでいなければならない。しかし彼女はその条件を満たしていない。おまけに申請の手続きは本省の人間が代行している。そのような特例がまかり通る理由はただひとつ。それが彼女の条件だったからだ。

昨年二月の誘拐事件において、犯行グループと接触し、身代金《みのしろきん》と引き換えに邦人の人質を解放させるよう、彼らはアキに依頼した。そしてその事実について口をつぐむことも。それに対し彼女は、日本国籍の取得を条件に引き受けた――そういうことだろう。

「そして九月、犯行グループに狙われた彼女は、日本人として大使館へ保護を願い出ました。――少しの間かくまって、国外に脱出させれば助けられたはずです。しかしあなたはそうしなかった。書類上では彼女がまだ日本人ではなかったという、くだらない口実で要請をはねつけた。なぜです！」

　厳密に言えば日本人ではない人間のために、過激と噂のテログループと事を構えかねない事態になるのが嫌だったとは言えまい。自分の在任中に騒ぎを起こして、万が一にでも日本政府がテロ組織と取り引きしたことが表沙汰《おもてざた》になったりしたら、今後の出世に障《さわ》りがあると計算したとも言えまい。

　アキのメールの怒りが――失望が、今は理解できる。

　自分は日本人だと周囲に言い、パスポートを偽造するほど、彼女は両親の母国に執着していた。取り引きをし、貢献し、ようやく本当に帰化するはずだった国に裏切られた落胆《らくたん》は、どれだけのものだっただろう？

　しかし廣川はこちらの怒りに斟酌《しんしゃく》することなく、恬《てん》として応じた。

「そのことなら報告書に書いたはずだ。読んでいないのか。彼女がそんな状況に陥《おちい》ったのは、犯行グループの情報を米軍に流したせいだ。おまけに呆《あき》れたことに、我々の依頼に含まれていなかった人質まで、金銭と引き換えに救出して私腹を肥《こ》やしていたというじゃないか」

「現地の人質の救出に関して、彼女はいっさい報酬《ほうしゅう》を受け取っていません。それはあなたのでっちあげだ。邦人の人質が後日、謝意を兼ねて多額の寄付を行ったことを曲解して報告した。それに彼女は米軍にも国軍にも情報など流してはいません。調べるまでもなく、双方の動きを追っていたあなたならわかったはずです。米軍から情報を得た国軍は内通者を逮捕し、拠点を特定して急襲の作戦をたてた。だからこそあなたは邦人の救出を急がなければならなかった。つまり、犯行グループ内部から米軍へ情報がもたらされたのは、彼女に接触する前だ……！」

双方ともに口を閉ざし、ただお互いを見据える。ややあって偲は、声だけは平静に続けた。

「彼女から保護の要請を受けて、事がやっかいな方向へ発展するのを懸念したあなたは、関わらずにすむ口実となる情報を探した。だが何も見つからなかった。よって事実と異なる情報を並べて上に報告し、要請を拒否した。――背任に値する行為です」

廣川は何の反応も見せなかった。その結果が今回の状況につながったことを考えれば、彼が責任を問われることになるのは必至である。にもかかわらず、何の痛痒《つうよう》も感じていないかのようだ。

血気にはやる若者を前にした年長者の面持ちで、彼は口を開いた。

「君の言うことは部分的には正しい。だがひとつだけ大きな間違いがある。君宛てのメールは、私も読んだ。おかしいとは思わなかったのか？　あのメールを目にした本省の人間が、すぐに私に説明を求めなかったことを」

その言に、あることに思い至り眉をひそめる。

「そうだ。保護要請に対する私の報告が事実でないことを、君の上司もふくめて本省の人間は知っていた。もっと言えば、静観するための口実を探していたのは私ではない。彼らだ」

「まさか――」

「国籍を作成するために月守亜希の過去を洗ったら、どう控えめに見てもマトモとは言いがたい事実がふたつ出てきた。ひとつ、彼女はコロンビア生まれの日系人で、過去にテロを含む反政府活動に従事していた。これは公式記録に残っている。でっちあげではない」

「……………………」

爆破に巻き込まれたときと同じような、強い衝撃を感じ、偲は目を見開いた。彼女の足跡を追い始めてから、思いがけない事実に愕然《がくぜん》とすることは多々あったが、中でも最大級である。

廣川の冷笑が響いた。

「なんだ……。その様子では知らなかったようだな」

言い返そうにも言葉が出てこない。無言で立ちつくす訪問者の前で、廣川はこれみよがしに嘆息《たんそく》した。

「月守亜希はコロンビアで日系人夫婦の間に生まれた。知っての通り、あの国ではつい最近まで内戦が続いていた。彼女は子供の頃に共産ゲリラに強制徴集され、兵士として多数の戦闘行為に加わった。その後政府軍の捕虜となり、除隊した。……これがコロンビア政府内に残されていた彼女の記録だ」

「――――」

信じがたい思いと、納得のいく思いと――双方に同時に襲われた。

それですべて説明がつく。アキの全身に残っていた傷跡。BALの本拠地において、人質解放交渉の合間のわずかな時間で初対面のレンを味方につけてしまったこと。そして……かつて、引き止めようとした偲に対し頑《かたく》なまでに別離を選んだ理由。

打ち明けることができなかったわけだ。

しばらく心を圧していたおののきが、やがて静かに引いていく。そのあとには、もし真実を知ればこちらの態度が変わってしまうと疑われていたのなら不本意だという、一抹《いちまつ》の思いが残った。

その感傷も、続く廣川の訳知りの声にぬぐわれる。

「そしてもうひとつ。彼女は国際的なイスラム過激派ネットワークとたびたび接触している。これも複数の証言によって確認されている」

「しかしそれは彼女の仕事に不可欠だったからです。そういった武装組織の多くは子供兵士を抱えていて――」

「どんな理由であろうと、接触は接触だ。おまけにこの話、どこから来たと思う?」

含蓄《がんちく》のある口調から、相手の言わんとすることを察した。公安か、内調か。いずれにせよ、怪しい人間が国へ入りこむのを防ぐことを職務とする防諜《ぼうちょう》の担当だろう。

「彼女へ日本政府のお墨付《すみつ》きを与えることに対して責任を取れるのかと詰め寄られて、上は腰が引けていた。彼女が保護を求めてきたのは、そんなタイミングだった」

「――」

「『記録上では現在ビサワンに滞在するツキモリ・アキなる邦人は存在しない。よって日本大使館はその保護の責任を負わない』。……それが本省の結論だった」

まさに渡りに船だったわけだ。――彼女を切り捨てるにあたって。

その結果、アキがどうなるかを知りながら、彼らは静観した。……うがった見方をすれば、彼女の口が永遠にふさがれることを望んですらいた。

不条理をかみしめながら声をしぼり出す。

「それでは……彼女からメールが届いたとき、あなた方はさぞ驚いたことでしょうね……」

「彼女にとって我々との取り引きは、大手をふって日本に潜りこみ何らかの工作をするためのものではないと、どうして言い切れる？　そういった意味では、真実を暴露されることよりも、彼女の中に日本という国への禍根《かこん》が残ったことのほうが問題だ。早急に月守亜希の居場所を捜し出し、その狙いを明らかにする必要がある」

「彼女はそんな人間ではありません」

「彼女はテロリストだ！」

廣川は激昂《げっこう》し、テーブルをたたいた。

「……少なくとも昔はそうだった。ならば我々は警戒し、最悪の事態に備えなければならない。それが、国の利益だけでなく安全をも守る使命を負う我々の仕事だ。ちがうか？」

権高く言い放たれた問いに言葉を失う。

彼女は大使館からの要請を受けて誘拐された邦人の危機を救ったのだ。たとえ日本に入国させなくとも助ける方法はあっただろう。にもかかわらず目をそらし、我関せずを貫いた。それでも彼にとって、その選択はまごうことなき正義であるらしい。

憶測に過ぎない警戒で恩ある人間を窮地《きゅうち》に追いやっておきながら、当然とうそぶいて譲らない——その傲慢《ごうまん》な保身を突きくずす力のない、自分自身にもまた失望した。

「……手紙……」

木偶《でく》のように立ちつくしたまま最後の問いをこぼす。

「メールには、私に手紙を送ったと……。彼女は私の日本の住所を知らなかったはずです。だとしたらそれは、ここに届いたのではありませんか？」

「そんなことを聞いてどうする？　この緊迫した時期に、君という横槍が状況をかきまわしていることに、我々はすでにこれ以上ないほど迷惑を被《こうむ》っている。このうえさらに手を煩《わずら》わせるつもりか？」

「手紙はどこです」

「知らないな」

それは、退出をうながす最後通告だった。

ガードマンを呼ばれつまみ出されるか、自分で出ていくか。——無言の圧力と対峙《たいじ》すること数秒、偲は自《みずか》ら踵《きびす》を返して執務室をあとにした。

3

非常事態宣言が発令された街は、昨日までに比べて明らかに人出が減っていた。海岸からほど近い大通りは多少にぎわっていたが、角という角に武装した警官が立ち、道行く人々に目を光らせている。

大使館を出て車を走らせしばらくたった頃、スマホが着信を告げた。車を停めて電話に出ると、相手はラパス議員だった。

『この間話した件について重大な噂を耳にしたので、念のため知らせておかなければと思ってね』

切り出された言葉に、大使とのやり取りで沈んでいた気分がわずかに浮上する。アキの行方について何か手がかりが得られたのだろうか。針の先ほどの期待が胸に生じたが、現実はそう甘くはなかった。

『本日のテロの発生を受けて、米軍は合同軍事演習に参加させていた部隊を一時的に艦《ふね》へ引き上げたようだが――』

「あぁ……」

思惑が外れ、気の抜けた返事をする。この非常時だ。むしろそちらの用件であることのほうが当然だった。

　米軍の動きについては初耳だったが、予想の範囲内ではある。おそらく今日のテロと合わせ、左翼ゲリラから攻撃を受ける可能性を考慮したのだろう。

『不穏分子はどうやらその部隊への襲撃をもくろんでいたらしい。ひとまず計画を見合わせることになるだろうが、あきらめることはないはずだ』

「なるほど」

　もしそんな事態を許せば、現大統領の信用は地に落ちる。重大な事態であることはわかるが、今の自分の仕事に直接関わるものではない。どこかで醒《さ》めた気分でそう考えた。

　対照的に議員は、深刻な口調で続ける。

『この話の扱いには注意してくれ。特に国軍にはなるべく伏せておきたい。テロリストどもと目的を共有する勢力が、国軍内にどれだけいるのか、はっきりとはつかめてないからな』

「わかりました。詳細を伏せて邦人向けの警戒情報を流す形で発表します。日本が公表すれば他国の大使館も転載するでしょう」

『頼む。しかし、特に警戒してほしい場所がひとつだけある』

「それは……？」

『合同軍事演習が行われている現在、この国に駐留中の米兵は二千名を超える。そしてそれらを統括する司令部が――』

「――国軍本部……」

ビサワンにおける米軍の司令本部は、国防省のある国軍バラクアイン基地内に設置されている。そこが標的となり、万が一犠牲《ぎせい》でも出ようものなら、米国のメンツにかけて報復せざるを得なくなるだろう。

下手《へた》をすれば米軍が参加した形での掃討《そうとう》作戦――最悪の場合、内戦にまで発展しかねない。

(冗談じゃない――)

呆《ほう》けていた意識が一気に現実に引き戻された。

この国に進出している日本企業の損失、ＯＤＡの無効化、海上輸送航路の不安定化、……ざっと思いつくだけでも日本の経済的損失は計り知れない。ラパス議員の訴えも切実だった。

『ただでさえ我が国の経済発展は他国に遅れを取っている。ひとたび混乱が生じれば、さらにどれほど後退することか……！』

「この国に不幸を招くような事態は我々としても望むものではありません」

できる限りのことをすると約束して電話を終えると、今度はウィルソン少佐の名刺を取り出し、電話番号を確認して発信しようとした――そのとき、車の外で断続的にかわいた破裂音が響く。

一瞬の間をおいた後、路上の人々がざわついた。銃声のようだ。

（どこからだ？）

車の中から周囲を見まわしている間にも、もう二発。通行人が悲鳴を上げて逃げ出した。偲も一度電話を置き、サイドブレーキを下ろしてすみやかに車を発進させる。そしてそのままその場を離れていたはずだった。――もし、無秩序《むちつじょ》に走りまわる人々の中に、銃を持った人間と揉《も》み合う見知った少年の姿を目にしなければ。

（――レン？）

思わぬ事態に車を駐め、ドアを開けて外に飛び出す。

「レン！」

そちらに駆け寄ろうとすると、相手の男を地面へ押しつけていた少年は、こちらを見もせずに叫び返した。

「来るな！　車に戻れ！」

「何をやってるんだ！」

騒ぎに気づき、通りで警戒に当たっていた警官達が集まってくる。このままではレンまで捕まってしまう。だが彼にはまだ訊きたいことがある――

その思いから一人で逃げることを躊躇《ちゅうちょ》した偲へ、走ってきた男が声をかけてくる。

「なに突っ立ってるんだ。逃げろ！」

うながすように背中を押され、なしくずし的に進み始めて間もなく、男は大通りに駐められていた一台の車の脇で、強い力で偲を突きとばしてきた。……と、その先で後部座席のドアが開き、別の人間がこちらに手をのばしてくる。

しまった、と思ったときには遅かった。銃を突きつけられ、手荒に座席に引きずり込まれてしまう。初めに声をかけてきた男が、素早く運転席に乗り込んだ。

「キリシマ！」

遠くで自分の名を呼ぶレンの声がする。しかし無情にも、それをさえぎるようにドアが閉められた。

せめて暴漢の顔を見ようとした偲の頭に、容赦《ようしゃ》なく布袋のようなものがかぶせられる。

そのまま、車はタイヤをきしませ猛スピードで走り出した。


車に乗せられて三〇分ほど。目立つほど速度の出ていなかった走り方から察するに、マプア市の中心部からそれほど離れてはいないようだ。車から降ろされ、しばらく歩かされた末に、頭部を覆《おお》っていた布がようやく外される。そこは窓のない小さな部屋の中だった。歩いている間に階段を下りたので、おそらく地下室だろう。

剝き出しの電球に照らされた天井と壁は打ちっ放しのコンクリートで、普段は物置にでも使われているような雰囲気だった。今は荷物がすべて壁に寄せられ、中央の空いたスペースに大きなテーブルと椅子《いす》が何脚か置かれている。椅子もテーブルもプラスチック。ごくありふれた代物だ。

偲は、そのプラスチックの椅子のひとつに座らされた。両脇に、車からここまで連れてきた人間が二人立つ。

二人とも、まだ二〇歳に達していないだろう青年達だった。容姿にしろ服装にしろ特筆する点のない外見とは裏腹に、荒事に慣れた様子である。

部屋の中にはもう一人、自分達がここに来る前から隅の席に座っていた初老の男がいた。着古してよれよれのポロシャツの襟《えり》をいじりながら、その男はつまらなそうな目を偲へ向けてきた。

「モラレスの言ってた日本人《ハポン》ってそいつか」

「そうだ」

頭上で若い声が短く答える。すると初老の男は不服そうに下唇《くちびる》を突き出した。

「いろいろ探られてるみたいじゃないか。悪いこた言わねぇ、片づけちまいな。埋めちまえばわからねぇよ。いつものことだろうが」

初老の男は、左翼ゲリラに隠れ家を提供しているシンパのようだ。そして若者達はおそらく当のゲリラだろう。

そのとき、階段の下り口から新しい声が割って入った。

「予定が変わったんだ」

「カ・ドク」

両脇にいた二人が名前らしきものを呼ぶ。暗がりから現れたのは、右腕にタトゥーのある、あの男だった。腰に革のホルダーをつけ、拳銃を差している。ゆっくりと、一段一段を踏みしめるように階段を下りる様は、二人の青年と明らかに物腰がちがう。

「そいつは我々の計画に使える」

近づいてくると、カ・ドクは偲の前の椅子に音を立てて座った。そしてこれみよがしに腰の銃を手に取り、テーブルの上に置く。

「さてキリシマ。アメリカ人ならともかく、正直日本人がこんなところまで首を突っこんでくるとは思わなかった。何が狙いだ？」

「モラレス氏の家で話した通りだ。月守亜希を捜している。それだけだ」

「それは聞いた。わからないのは、なぜ今かということだ」

「あなたはアキの居場所を知っているのか？」

「質問しているのは我々だ」

「こちらの質問に答えてくれ。そうしたらそちらの質問にも答える」

「わかってないな」

鼻を鳴らすと、カ・ドクは無造作に足をのばした。鋭いつま先が偲のみぞおちを抉《えぐ》り、椅子ごと床にくずれ落ちる。

「――――……！」

息ができなくなり、汚れた床の上で身体を丸めて激しく咳き込んだ。そんな偲を、片方の青年が無理やり立たせて乱暴にテーブルへと押さえつける。もう一人が、のばした形でこちらの腕を固定し、人さし指、中指、薬指の三本をにぎって手の甲側へと反らした。

「…………っ」

ありえない方向へ押し曲げられた指の関節が、強い痛みにきしむ。力は徐々《じょじょ》に強まり、やがて骨がミシミシと異音を発した。苦痛をこらえて顔を歪めるこちらを、カ・ドクは表情も変えずに見下ろしてくる。

「なぜ今になってアキを捜そうとする？」

「話した、はずだ……。彼女からメールが……来たから……っ」

食いしばっていた歯の合間から、痛みと共に声を押し出す。すると問いは矢継ぎ早に続いた。

「モラレスって人間に会いに行けっていう、アレか。──他には？」

「それだけだ」

「そのわりには我々のことをずいぶん積極的に訊きまわってたな」

「逆だ」

無機質なカ・ドクの眼差しを、痛みに耐えながら意地だけで受け止める。

「僕は彼女の行方を追っていただけだ。だがどこへ行っても君達の名前がくっついてきた」

「彼女の行方を知るために、我々を調査するよう軍や警察に要請したんじゃないか？」

「まだだ。何か決定的な証拠をつかむまでは相手にされないだろうと思った」

カ・ドクはしばらくその答えを吟味《ぎんみ》しているようだった。しかしやがてテーブルに置かれていた拳銃を手に取り、鼻先がふれそうなほど顔を近づけてきた。

「──正直に言え。彼女を捜すうちにつかんだ我々の情報を、当局に流しただろう?」

「なぜ?」

訊き返すと、相手は虚《きょ》を衝《つ》かれた顔をした。

「僕は日本人だ。君達がこの国で何をしようと関係がない。ただアキに会いたいだけだ。極端な話、米軍が追い出されようと、ビサワンで革命が起ころうと、興味がない。勝手にやってくれ。巻き込まれるのはごめんだ」

本心ではなかったが、本心と思わせることはできたはずだ。カ・ドクが軽く手を上げる。拘束《こうそく》が解けた。

「仮に今のあんたの言い分が真実だとしよう。するとあんたが我々に手を貸すこともありうるというわけだな?」

簡単に言われ、ちぎれるような痛みを訴える手をさすりながら、偲はうんざりと返す。

「巻き込むなと言ったはずだ」

「言う通りにするなら、アキ・ツキモリの居場所を教えよう」

「────!」

耳に飛び込んできた言葉に、心臓が大きく音を立てた。

「……彼女の居場所を知っているのか?」

「彼女の失踪と我々との関連に、薄々《うすうす》勘づいてはいるんだろう?」

応とも否《いな》とも言わず、相手は無感情な眼差しで見下ろしてくる。

「やるのか、やらないのか、どっちだ」

もし本当に彼らがアキの居場所をつかんでいるというのなら、もちろん知りたい。だが……相手の言うことが真実である保証は何もない。むしろこちらが求めているものを知り、思わせぶりに名前をちらつかせることで言うことを聞かせようとしている可能性のほうが高い。

期待に揺れる気持ちを落ち着かせ、右の手のひらを開いたり閉じたりしながら、努めて冷静に返した。

「……たとえ個人的な事情によって動いたのだとしても、職業柄《がら》、周囲は決してそうは見ない。左翼ゲリラの活動に対して、日本政府が何らかの関わりを持っているなどと思われては困る。もしどうしてもやるというのなら、まず辞職しなければならないが、それには少し時間が必要だ」

無駄と知りつつ、時間稼ぎのつもりで言うだけ言ってみる。案の定その言は一蹴《いっしゅう》された。

「我々には時間がない。決行は明日だ」

「明日!?」

「それに、我々が必要としているのはあんた個人の能力ではなく、日本政府の人間という立場のほうだ。仕事を辞められちゃ困る」

「なら手伝えない。手足の指すべてと引き換えにしても断る」

「自分の指なら惜しくはないだろうさ」

含みを持たせて言い、カ・ドクは一枚の写真をテーブルの上に置き、銃口でこちらに押しやってきた。いやな予感と共に目をやり……そして喉《のど》の奥でうめく。写っているのは、子供達に囲まれる美春《みはる》の姿だった。

「今、我々の同志がその女の近くにいる。俺からの電話一本であの施設に押し入り、女を拉致《らち》して好きにするだろう。──指だけですめばいいな」

「そんなことをして、ただですむと思っているのか……⁉」

「すむさ。明日にはそれどころじゃなくなってるからな」

薄く笑い、カ・ドクはもう一枚の写真を取り出す。それは軍服姿の男だった。階級章から察するに高官のようだ。

「そいつを知ってるか？」

「……いや」

「国軍バラクアイン基地所属マティアス・メンドーサ司令長官だ」

「──」

「ばりばりの大統領派軍人であり、さらにテロ殲滅《せんめつ》政策の熱心な支持者でもある。今からあんたはそいつに電話をし、面会を申し入れる。そして明日俺達を連れてそこへ行く」

「………」

落ち着け、と自分に言い聞かせた。焦る気持ちをなだめて、明日までに助けの来る可能性がどれだけあるか考える。

自分が誘拐された場面はレンが目撃している。彼はどこかに——おそらくは日本大使館に連絡を取ってくれるだろう。が、そのあとが問題だ。

あの大使のことだ。偲のために積極的に動いてくれるとは思えない。拉致の根拠となるのが少年の目撃証言ひとつでは、警察に届けることすら期待できないかもしれない。

（本省の調査室に気づいてもらえれば、そちらから圧力をかけてもらえるが……）

上司の稲田《いなだ》へは定期的に連絡を入れている。報告のためでもあり、自分の身に異常が起きていないことを知らせるためでもある。

今夜定期連絡を欠かしたことで、稲田が異変に気づき、大使館に様子を窺《うかが》う連絡を入れることは考えられる。

そこでようやくレンの電話が本当だったと信じてもらえたとしても、それから警察に連絡をするとなると——ダメだ。どう考えても間に合わない。

助けは期待できない。そう結論づけ、なすべきことに優先順位をつけた。

まず第一に美春の身の安全を確保すること。テロリスト達の気分や事情によって、彼女の身が危険にさらされうる今の状況だけは許しておけない。

反応をうかがうカ・ドクに向け、偲はあえて強い口調で切り出した。

「ミズ・エノモトは日本人だ。姿を消せば、日本にいる親族が乗り込んできて騒ぎを大きくするだろう。彼女が僕と接触したことについては施設の人間が目撃しているから、捜査

さ」

は必ず僕のところへ来る」

「あくまで言うことを聞かないっていうなら、あんただって生きてここを出ることはない
「僕を殺しても同じことだ。この国へ来てからの行動は上司に逐一《ちくいち》報告している。いずれ警察の手がここにのびてくるのは間違いない」

「その生意気な口を閉じろ。おまえらを殺して埋めたところで何ともなりゃしないさ。今まで何度もそうやって、いらんこと言うヤツの口をふさいできたが、一度たりとも見つかったことなんざない。日本じゃどうだか知らないが、この国の警察はマヌケな腑抜《ふぬ》けぞろいなんだよ」

「彼らはマヌケなわけじゃない。やる気がないだけだ。だが外国から圧力がかかればどうかな。大統領の指示が出て、警察幹部の進退がかかってくるとなれば」

「――――……」

「それに今は非常事態宣言が出ている状況だ。武装警官を街中に配置して厳重に警戒していたにもかかわらず、外国人の誘拐や殺害を許したなんていう事態になれば、進退どころかクビがからむ。きっとお偉方は必死になって現場の尻《しり》を叩くだろうな」

「おい……」

それまで蚊帳《かや》の外にいたシンパの男が、そわそわするように、しわがれ声を上げた。しかしカ・ドクは耳を貸すことなく黙ってこちらを見つめる。彼にとっていま重要なのは、

明日の計画とやらを成功させることだけなのだろう。

偲は目の前の相手よりもむしろ、落ち着かないシンパの男を意識して言った。

「君達はいいだろう。危なくなったら身軽に逃げられるんだから。しかし協力者はどうなる?」

そっけない反応に、初老の男が音を立てて立ち上がる。

「そのときはそのときだ」

「カ・ドク!」

「黙れ!!」

その場を貫く怒声と同時に、両肩と顔の左半分に激しい衝撃が襲ってきた。両脇に立っていた二人によってテーブルに叩きつけられたらしい——と、衝撃が去ってから理解する。

肩と頭を押さえつけられた状態で、偲は続けた。

「……ミズ・エノモトには手を出すな。それによって生じるリスクは、君達にとって割に合わないもののはずだ」

カ・ドクが鼻を鳴らす。

「で?　あんたのことは無条件解放しろとでも?　そいつは虫がよすぎるな」

「そうは言ってない。そちらの要求通り基地の総司令という人物に電話をかけるから、そちらも彼女のもとから仲間を引き上げる指示を今ここで出してほしい」

「そのあともあんたが俺達に協力するという保証はない」

「君達がクーデターを企んでいると知りながら、その片棒を担ぐ電話をかけたと知られれば、僕は仕事をクビになる。君達には口をつぐんでいてもらわないと」

「……感心するぐらいよく滑る口だな」

「君達は目的を果たし、僕は無傷で解放。——こうなった以上、そこを目指すのがお互いにとって最善の道だと思う」

優先順位その二。彼らが引き起こそうとしている混乱についての情報を、できる限り集めること。自分の立場で計画に関わるのは望ましくないが、現時点ではそうも言っていられない。

（こうなったら隠蔽《いんぺい》に全力を尽くそう——）

投げやりに覚悟を決め、しっかりつけ加える。

「あと、協力したらアキの居場所を教えるという約束も忘れないでくれ」

相手は呆れたように肩をすくめた。

「オーケイ。女のことは忘れる。あんたが手伝うっていうなら、こっちに異存はない。仲間を引き上げよう。その代わり裏切ったら五体満足で国を出られると思うな。どんな手を使っても必ず後悔させてやる」

偲の傍《かたわ》らに立つ青年に合図をし、電話を持ってこさせたカ・ドクは、左手でゆっくりと番号を押したあとに受話器をこちらに差し出してくる。

「俺達は言わば陽動を担当しているにすぎない。作戦に関わる仲間は他にも大勢いる。自分一人がかっこつければこの計画をつぶせるなんて、バカなことは考えるなよ？」

『もしもし？　もしもし？』と言う電話を、偲は相手を見据えながら受け取った。

5章

あの日。——人生を一変させる発端となったあの日。

道をふさいで止まっているトラックを見ても、銃を手に自分達家族の乗る車へ近づいてきた男達を見ても、特別不安に思ったりはしなかった。危険という言葉すら、ほとんど実感のないような歳《とし》だった。

青ざめ、顔をこわばらせている両親を目にして、ようやく何か良くないことが起きているのだと気づいた。しかし、そのときにはもう遅かった。

いったん目を付けられたら逃げようがないのだということを、襲う側になってから知った。車通りの少ない田舎道《いなかみち》を少数の外国人が乗った車が走っているという報は、たいてい農村にまじる協力者からもたらされる。地の利をいかして先まわりをし、どこにも逃げられないように罠をしかけて待ちかまえる。

つまり運が悪かったのだと思うしかなかった。身代金《みのしろきん》の受け渡しがうまくいかなかったことも、その報復として両親を殺されたことも。

子供だからというだけの理由で、自分一人が生かされたことも。

1

一般的に時間におおらかだからといって軍人までそうとは限らない。

翌日、偲《しのぶ》は約束の時間きっかりに長官室のドアを叩けるようカ・ドクらと共に隠れ家《が》を出た。ご丁寧にも、夜のうちに偲が借りていたレンタカーが運ばれてきたので、それに乗り込む。地下室で一緒だった二人の青年——トニーとカルロスもそれに同乗した。

運転手という設定のカ・ドクがハンドルをにぎり、偲は後部座席に座る。残りの二人については……現地で雇った助手ということにしろと言われたが、普通は要人に面会に行くのに助手など連れて行かない。

（どう考えても無理がある……）

軍高官という立場から、異国の客人に交誼《こうぎ》を求められることが多いのだろう。昨夜電話に出たメンドーサ司令長官は、突然の面会の申し込みにやや億劫《おっくう》そうな反応を見せたが、「バラクアイン基地の安全に関わる情報を入手した」とテロの可能性を含ませたところ、訪問を受け入れてくれた。

後部座席に収まった偲は、脈打つような痛みの残る右手の指を左手で押さえた。筋を痛めたのだろう。腫《は》れて熱を帯びている。

窓に頬杖《ほおづえ》をついて景色を眺《なが》めながら、刻々と基地へ近づいていくことを憂鬱《ゆううつ》な気分で受け止める。

外はあいかわらず日差しが強烈で湿度が高く、息が詰まるほど暑い。ニュースを見ていないため確かなことはわからないが、非常事態宣言はまだ解除されていないようだ。沿道には昨日に引き続き武装した警官の姿が目立つ。

ほどなく車は基地のメインゲートらしき場所に到着した。

ビサワン国軍本部バラクアイン基地は、文字通り国内に多数点在する基地及び部隊を統《す》べる軍の中枢《ちゅうすう》であり、大統領も頻繁《ひんぱん》に訪れる重要な政治的舞台でもある。

GENERAL HEADQUARTERS AFB（ビサワン国軍総司令部）。アルファベットがアーチ状に掲げられたゲートは、コンクリートのブロックによって車線が仕切られ、入口と出口に分かれていた。周囲には車の侵入を阻《はば》むための、土嚢《どのう》を積み上げたバリケードが築かれており、一〇名ほどの武装した兵士が出入りする車輌を見張っている。

スピードを落とすためのハンプを乗り越え、ゲートにたどり着くと、自動小銃を肩にかけた兵士が車内をのぞきこんできた。

偲は窓を開け、自分の外交旅券を渡す。外交官が来るという話は聞いているようだ。兵士はざっと目を通しただけでパスポートを返してきた。そして助手席と後部座席に座る青年達に、怪訝《けげん》な目を向ける。

「その二人は？」

「助手……っていうのは建前で、実は知り合いの学生なんだ。基地が見たいっていうから連れてきたんだけど――」

「学生証は？」

兵士に言われ、偲が目を向けると、二人はそれぞれ自分のポケットからＩＤを取り出して見せる。有名大学の学生証に似せて作った偽物だ。

しかし兵士は気がつかなかったらしい。学生証を返すと、彼は車から離れて顎《あご》をしゃくっる。

ゲートが開かれ、カ・ドクが車を出すのと同時に、窓ガラスを閉めながら偲は大きく息をついた。思っていたよりも簡単に通過できた。しかしこれでもう責任逃れはできなくなった。結果がどうなるにせよ、自分も立派な共犯者だ。

後部座席にいたトニーが笑う。

「辛気《しんき》くさいため息つくなよ。恐いのか？」

「日本人っていうのは、世界で最も物事を深刻に考えすぎる人種らしいぜ」

カルロスが混ぜ返し、車内に笑いが弾《はじ》けた。とてもこれから作戦に向かうとは思えない雰囲気だ。

一方で運転席に収まったカ・ドクは、余計なことをいっさい話さない。だが彼の狙いは明らかだ。

司令長官に面会する偲にくっついて執務室に入り込み、長官を人質に取って騒ぎを起こす。その間に基地内にいる国軍兵士の同調勢力が基地を制圧する。さらに彼の言う「計画」が、この基地だけに収まらないことも薄々《うすうす》予想がついた。

　国軍内の同調者、ＢＡＬ、そして党外の協力者……。計画に関わる人間がどれだけいるのか定かではないが、それが他の基地、政治犯の収容されている刑務所、政府関連施設、放送局などをいっせいに占拠した場合、その社会的な混乱は一体どれほどになるのか――。

　窓の外を流れる景色に顔を向けたとき、標識に反射した陽光が目に入り、眉間《みけん》にしわを寄せた。

　バラクアイン基地は、ひとつの街と言ってもいいほど広大な施設だった。トニーとカルロスの説明によると、一八〇ヘクタールの敷地の中に、国防関連施設、士官学校、多目的ホール、官舎、図書館、病院、公園さらには教会まであり、五千人以上が暮らしているという。

　総司令部《GHQ》は、その基地の中心部にあった。横に広い四階建ての建物である。

　車寄せに止まると、中から事務官らしい制服を着た人間が出てくる。車から降りたカ・ドクと交わす意味ありげな視線から、向こう側の人間だということがわかった。

　運転手役に徹したカ・ドクが、偲のためにドアを開ける。周囲を観察しながらゆっくり降りると、事務官は「ご案内します」と言って先導するように歩き出した。それに続くこちらの両脇に、トニーとカルロスがすかさず張りつく。

　カ・ドクはついてこなかった。車をどこかに持っていくようだ。

　周囲にはぽつりぽつりと人の姿があるが、これまでのところ特に怪しまれているような気配はなかった。

　三人に囲まれて歩を進めながら、じりじりと燻《くすぶ》る焦燥《しょうそう》に胸を焦がす。

（これじゃ味方と敵の見分けがつかない……！）

　仮に「テロリストがいる」と騒ぎを起こしたとして、周りにいる兵士達が全員同調勢力だったのでは目も当てられない。苦慮する中、引きずられるようにして建物に入る。

　出入り口にはセキュリティゲートがあり、そこでボディチェックを受けた。入ってすぐ小さなホールがあり、中央の柱に施設の案内図が表示されている。左右と正面の三方に延びた廊下を右に曲がり、三人はひとまず応接間のようなところに通された。その後、案内人はカルロスだけを連れて部屋を出ていく。

「彼らはどこへ？」

　ソファーに腰を下ろしながら訊《たず》ねると、偲と共に残ったトニーが肩をすくめた。

「武器を取りに行ったのさ」

　青年は窓から注意深く外の様子を窺《うかが》っていた。まだ武器を手にしていない上、偲という荷物まで抱えているのだ。警戒を解くには早い。

（そもそもなぜ僕を巻き込んだ……？）

　友好的でない外国人を巻き込むなんて、彼らにとってもリスクが高まるだけだろうに。

　昨日からずっと引っかかっていた疑問が改めて思い浮かび、窓際に立つトニーに目をやる。

「君達に賛同する勢力ってどのくらいいるの？」

「そりゃ……たくさんさ。国軍の中にだって、今の社会がおかしいって思ってる人間は大勢いる」

「じゃあどうして君達が、長官を人質に取るなんていう危ない役目を引き受けなきゃならないんだろう?」

青年は一瞬、言葉に詰まった。

「お……おまえが作戦について知ったってしょうがないだろ!」

乱暴に言い、それ以上の質問を拒絶するように横を向く。つまりそれが答えというわけだ。

司令長官を人質に取るなら、国軍の将校がその役目に当たる方が確実なはず。

つまり少なくともこの基地には、将校以上の同調勢力がいないのだ。よって本来国軍と敵対するBALが騒ぎを起こし、テロが起きたと思わせて、少数の反乱分子が混乱に対処する国軍の隙《すき》をつき基地を制圧する。——そういう筋書きなのかもしれない。

考えをめぐらせていた偲は、怪訝そうにこちらを見るトニーの視線に気づいた。目が合うと、彼はすぐに顔を背ける。その横顔に苦笑した。内心では、また厄介《やっかい》な質問が来たらどうかわそうかと、考えているのかもしれない。

上背《うわぜい》のある体格は大人に見えるが、言動からは子供っぽさが抜けていない。雑談の合間に歳を訊ねたところ一八とのことだった。

ふとアキのことが頭をよぎる。

十代の頃にゲリラ組織にいたという彼女も、こんなふうにして作戦に駆り出され、テロリストとして政府の公式記録に残ってしまったのだろうか。そしてその結果、まともにパスポートひとつ取れないほど人生をくるわされたのだろうか――。

疑念を、つい目の前の青年に重ねてしまう。

「トニー。本当にこんなことに荷担していいのかい？　失敗したら、たとえこの場を逃げきれたとしても、犯罪者としてずっと追われることになるのに」

「失敗なんかしないさ」

「仮にクーデターが成功して、改革派の国軍将校達が国政をにぎったとしても、誰も君には――君達には報《むく》いないよ。過激な武闘派組織なんて国軍にとっても目障《めざわ》りだ。……もし彼らが手のひらを返して潰しにかかってきたら、君はどうする？」

「そうしたらカ・ドクについていく」

「カ・ドクはああいう人だから、いざというときも自力で何とかするだろう。でも自分のことで手一杯のときに、君のことまで考えるだろうか」

「カ・ドクは助けてくれる！　もういいから黙れ！」

「組織にとって、君はいいように使える駒《こま》にすぎない。いらなくなったら捨てられる。それだけは覚えておいた方がいい」

「だからあんたの味方になれって？　ふざけんな。そんな口車に乗せられるかよ」

「ちがう。自分を守れるのは自分しかいない――そう言いたかった」

偲はゆっくりとソファーから立ち上がる。若者は初め、ぽかんとしていた。

「おい……？」

「いいかい、トニー。君が手を汚すことで、得をするのは君以外の人間だ。君自身は損をするだけなんだよ」

廊下に面したドアへと向かい、その取っ手に手をかけると、トニーがあわてて駆け寄ってくる。

「おい！　どこに行く気だ！」

飛んできた青年が、こちらの腕をつかもうとした――その瞬間。偲は、のばされてきた相手の右手を、手の甲に向けてひねり上げるようにつかみ、その勢いのまま肘《ひじ》をねじって背中へ持っていく。

昨日折られそうになった自分の手に、刺すような痛みが走った。それをこらえ、青年を押さえ込むことに集中する。

素人《しろうと》と思いこんでいたのであろう偲による反撃に、トニーは完全に虚《きょ》を衝かれたようだった。身体《からだ》をくの字に曲げた彼は上体を起こそうとするが、思うようにいかない。

「ちきしょう、何なんだよこれ⁉」

「合気道だよ。子供の頃からやっていてね」

警察の逮捕術にも取り入れられている合気道には、手首や肘を固定することで、ケガをさせずに相手の動きを封じる技がある。どのように鍛《きた》えた人間であっても、関節の構造を変えることはできない。そのため一度技を決めてしまえば、自分より力の強い相手でも取り押さえることが可能なのだ。

「放せ！　放しやがれ、てめぇ殺すぞ！」

「騒ぐと人目が集まるよ」

そう言って偲が部屋のドアを開けて廊下に出ると、トニーは我に返ったように口をつぐんだ。そのまま歩き出すと、彼は声を殺して囁《ささや》いてくる。

「何するつもりだ⁉」

「もちろん長官に会いに行くのさ。伝えなければならないことがある」

「ば、場所わかるのか？」

「いちおうね。入ってすぐのところにフロアマップがあったから」

それによると長官室は三階の奥にあった。偲はトニーを連れたまま目についた階段を上っていく。

三階に到達し、息をつこうとした、そのときだった。

軽やかな音と共に、目の前にあるエレベーターのドアが開く。と同時にそこから降りてきた人影が、弾丸のように階段口へと走り込んできた。そのまま体当たりされ、よろけたところをさらに横から蹴《け》りつけられる。激しい衝撃と共に、踊り場まで階段を転げ落ちた。

「ちょっと目ぇ離した隙に何しやがる……！」

階段上から詰問してきたのはカルロスである。その足元で素早く身を起こすトニーを尻《しり》目に、カルロスは踊り場まで駆け下りてきた。

「この野郎！」

脇腹を鋭い衝撃が貫く。蹴られた。身体を折って膝《ひざ》をついた偲は、襟首《えりくび》をつかんで引き起こされる。

「今度こんなふざけた真似したらただじゃおかねぇ！」

「おい、静かにしてくれ！」

激する青年を、案内していた兵士が声を殺してたしなめた。

「まだ安心はできない。見つかったら取り押さえられるぞ……っ」

苦悶《くもん》に顔をしかめるこちらを見下ろし、カルロスは舌打ちをする。

「次におかしなことをしたら撃つ——腕か足のどっちか、必ずだ！」

ひそめた声でそう凄むと、彼は襟首をつかんでいた手を乱暴に放した。痛みを堪えて立ち上がりながら、もうひとつ直感する。

将校以上に限らず、おそらくバラクアイン基地内には同調分子が少ない。メンドーサ司令長官をおさえるまでは、彼らはあくまで少数派のようだ。

足を引きずるようにして階段を上っていくと、トニーが手慣れた様子で銃に弾を装填《そうてん》していた。小気味のいい音と共に弾倉をセットし、デニムの腰の部分に差しこんでシャツの裾《すそ》で隠す。どうやらカルロスも同じように銃を隠しているようだ。

「いいか？　行くぞ」

そう言うと案内人の兵士が歩き出した。二人の青年に両脇を固められ、偲も引きずられるようにしてそれについていく。階段口を出て廊下を進むと、まばらな人影が目に入った。廊下の先に「長官室」と書かれた扉が見えてくる。その手前に秘書らしき女性の座る受付があった。

案内していた兵士がその受付の前に立ったところで――偲は、ぴったりとくっつくように横を歩いていたカルロスのシャツの裾に手をのばし、デニムの腰部分に差されていた拳銃の銃把《じゅうは》をつかむ。

「――――！」

相手は瞬時にそれを押さえようとした。しかし一瞬遅い。

「この……！」

抜き取った銃を二人の青年に向け、はっきりと告げる。

「これ以上協力はできない」

突然の展開に受付の女性が悲鳴を上げた。偲は銃を構えたまま、慎重に青年達から距離を取る。カルロスがトニーをふり返った。

「撃て！　武器を取り返せよ、早く！」

その声にかぶせるように、偲もトニーを見つめて言う。

「撃つな。さっきも言っただろう？　こんなことで君の手を汚してはいけない」

「何してるんだ、撃て！」

「損をするのは君だけだ」

双方の主張にはさまれて、トニーは銃をこちらに向けたまま、視線を泳がせている。

その間にも異常を察した兵士が集まってきた。今度は何とか狙い通りだ。

「何だおまえ達は！」

「武器を下ろせ！」

口々に指示してくる相手に、偲は声を張り上げる。

「長官が狙われている！」

そして長官室のほうを向いたとたん、背後から音もなくのびてきた腕が首に巻きついてきた。腕はヘビのようにからみついて絞まり、偲を後ろへ引きたおす。

「何をやってる」

カ・ドクだ。冷静な声に背筋が冷えた。と同時に背中を強く床に打ち付けられ、息が詰まる。その隙に銃を奪われそうになり、必死の抵抗を試《こころ》みた。集まった兵士達は、派手に揉《も》み合うこちらに目を奪われ、制止するよういっせいに小銃を構える。

偲は何とか首だけ起こした。

「こっちじゃない！　メンドーサ長官を――」

そして長官室のほうに目をやれば、秘書の女性が、武器を手にした若者二人と案内人によって室内へ押しこまれていくところだった。室内から人の怒鳴《どな》るような声が二つ三つ響いてくる。

（間に合わなかった……！）

押さえ込まれたまま、必死の抵抗を続ける偲の耳元で、カ・ドクが勝利をにじませて囁く。

「ナイスファイトだったぞ」

ねぎらうような言葉と共に、後頭部に鈍《にぶ》い衝撃が落ちてきた。

2

『……はＢＡＬが占拠した。メンドーサ司令長官の身柄《みがら》は現在、我々の管理下にある。基地内にいる者は全員ただちに武装解除し、次の指示を待て。国軍内部にいる我々の同志が諸君の暫定《ざんてい》的な上官となる。無駄な抵抗は意味のない犠牲《ぎせい》を生むだけだ。皆すみやかに武器を捨て、持ち場で待機せよ。くり返す。ビサワン国軍本部バラクアイン基地は、我々ＢＡＬが占拠した。メンドーサ司令長官の身柄は現在、我々の管理下にある……』

くり返し流れる大音声《だいおんじょう》のアナウンスに、意識が現実に引き戻される。

基地内は騒然とした雰囲気だった。散発的に銃声も聞こえてくる。おそらく突然の事態に右往左往《うおうさおう》する兵士達と、決起を待ちわびていた賛同者達とが入りまじり、混乱を極めているのだろう。

大失態だ。この先の展開を思い、絶望的な気分になる。

現在、どうやら自分は床に敷いた毛布の上に寝かされているらしい。後頭部の鈍痛《どんつう》は、頭をふってもやり過ごすことができず、どこまでもついてきた。痛みに顔をしかめながらゆっくりと起きあがり――その先に目にした光景を飲みこむのに、しばらく時間がかかった。

偲は身動きも忘れてじっと目前を凝視し続ける。

「第三歩兵師団長とはまだ連絡が取れんのか！」

「はっ。基地を脱出なさったようであります！」

「警務隊隊長は！」

「お車が見当たりません！」

「なんてことだ！　逃げた奴は全員降格にしてやる！」

「ひとまず脱出して再起を図るおつもりなのでは……」

「つまり逃げたということだろうが！」

目の前で元気よく将校達を怒鳴りつけている御仁《ごじん》は、記憶違いでなければマティアス・メンドーサ司令長官その人ではなかろうか。

「長官！　サントス大尉《たいい》からお電話です！」

「サントス！　今どこにいる！　――おお！　よし、よくやった。私は無事だ。事情は追って説明する。武器と人員の消耗《しょうもう》を最小限にとどめつつ、その場で待機しろ」

歯切れ良く応じた司令長官は、電話を置くと部下に向けて満足そうにうなずく。

「徹底抗戦を支持する者を集めて体育館に立て籠《こ》もったらしい。あいつは有望だ」

そこはダークブラウンの木材で統一されたシックな会議室だった。軍服に身を包んだ一〇名近い将校達が長いテーブルにつき、ある者は携帯電話で、ある者はタブレットやノートパソコンを開いて、各々緊迫した様子で連絡を取り合っている。さらにそれらを補佐する兵士達が忙しげに走りまわっていた。

カ・ドクやトニー、カルロスの姿は見当たらない。放送によると彼らの計画は成功したようだが、ならばなぜ人質に取ったはずの長官が、意気揚々《ようよう》と陣頭指揮を執《と》っているのか──。狐《きつね》につままれた思いでいたところ、頭上から声がかかる。

「目が覚めたか？」

ふり仰《あお》いだ先にいたのは意外な人物だった。

「ブレーマン大尉⁉　どうして……」

「フレッドでいい。……どうしてと言われても、ここが職場だからな。この基地には米軍も司令部を置いている」

「それは知ってます。ですが……」

「昨日、アメリカ大使館に匿名《とくめい》の電話が入った。緊急事態だから、キリシマという日本の外交官に会った人間を出せと言ってな。それでウィルソン少佐が応じたところ、あんたがBALに誘拐《ゆうかい》されたという」

「──……」

電話をかけたのが誰か、考えるまでもなかった。

レンに違いない。しかも日本大使館ではなくアメリカ大使館に電話をするとは、大した勘の良さだ。

ＢＡＬの内部にスパイを送り込んでいるという米軍は、この計画についても事前に把握《はあく》していたのかもしれない。レンの話を聞いたウィルソンは、偲がそれに利用されると踏んだのだろう。

「じゃあこの放送は罠か……」

天井に埋め込まれたスピーカーは、左翼ゲリラによる司令部占拠の放送をまだ流し続けている。

ブレーマンは意地の悪い笑みを見せた。

「同調勢力がどこにどのくらいいるのか、国軍も完全には把握しきれていないということだったからな。例の計画を逆に利用させてもらうことにしたんだ」

この放送を聞いて、体制派を装う反体制派分子がクーデターの成功を信じ、正体を現すよう仕向けているわけだ。

「反逆者のあぶり出しと同時に、体制派将校達の危機対処能力も測っているらしいが、これがなかなか見物だ。人間、いざとなると本性が出るものだからな」

立ち上がろうとするこちらに手を貸しつつ、ブレーマンは苦く笑う。

「あんたをダシにするつもりはなかったんだが、結果としてそういうことになった。すまない」

あまり悪いとは思ってなさそうな口調で言い、彼は偲の肩を軽く叩いた。

今考えると、ゲートはもちろん、総司令部の建物に入る際のチェックも、非常事態の最中にしてはゆるすぎた。すべて最初から仕組まれていたのだ。ホッとするのと釈然《しゃくぜん》としないのと、ない交ぜの気分で傍に置かれていたジャケットに袖《そで》を通す。

そうこうしている間に、メンドーサ長官のもとには次々と蜂起《ほうき》についての続報が舞い込んできた。はじめは動揺の隙をつかれ、反乱勢力の後手にまわったケースも多かったようだが、放送が嘘《うそ》という情報が広がるにつれて秩序《ちつじょ》を取り戻しつつあるようだ。

会議室内の状況から一難が去ったことを察し、偲は出入り口へと足を向ける。

「僕をここまで連れてきた犯人達は？」

横を歩くブレーマンに訊ねると、彼は簡潔に返してきた。

「二人拘束《こうそく》したらしい。一人は射殺された」

「……そうですか」

短く答えて、偲はドアの取っ手に手をかける。と、ブレーマンが「シノブ」と呼び止めてくる。

「あんたの覚悟は見せてもらった」

彼は人さし指を銃に模してこちらに向けた。

「だが『これ』はあまり感心しない。外交畑の人間がやることじゃないだろう」

「どうでしょう。やってみたら意外に楽しかったですよ」

目を見合わせ、二人で笑う。彼は再び——今度はしっかりとこちらの肩に手を置いた。

「今度飲みに行こう。アキを見つけたら、レイチェルも入れて四人で。——約束だ」


昨夜取り上げられたスマホが、カ・ドクの所持品の中から見つかった。手元に戻ってきた電話で、早速調査室の稲田《いなだ》室長にひとまず無事であることを連絡する。他にもあれこれと用事をすませているうち、帰路に就く頃には日が落ち始めていた。

駐車場で自分のレンタカーを発見し、マプア市内へ戻るのに一番近いゲートに向かう。そこを出てすぐ、大きな看板の下に座りこむ少年の姿が目に入り、ブレーキを踏んだ。その間に立ち上がった彼は、車のほうへすたすたと近づいてくる。

「レン」

乗るか、と訊くまでもなく外からドアが開けられ、助手席に乗り込んできた。車体がわずかにゆれる。

Tシャツに古びたデニムという格好はあいかわらず。襟元が少し黄ばんでいるように見えるのは、おそらく昨日から着替えていないせいだろう。

前を向いたまま目を合わせようともしない横顔には、疲労の影がはりついていた。ふと、疲れているのは昨日今日の出来事のせいだけだろうかと考える。

その前も——否《いな》、偲がこの国にやってきてからずっと、この少年は自分を見張っていたのではないか。……彼が自分の前に現れた時々に、偶然など一度もなかったのではないか。

そんな推測を胸にしまい込み、偲は車を出しながら視線を前に戻した。

「お礼を言わないと。昨日、アメリカ大使館へ電話を入れてくれただろう？　おかげで助かったよ、ありがとう」

レンは目線を前に向けたまま、それに答えようとはしなかった。まつげの伏せられた黒い瞳は、休息を求めて弛緩《しかん》しているようでもあり、また己《おのれ》の中で何事かを熟考しているようでもある。邪魔をすると嫌われそうだったので、しばらく運転に専念することにした。

基地内で耳にしたところによると、騒乱はやはりバラクアイン基地にとどまらず市内の各所で起きたとのことで、市街地は昨日に輪をかけて物々しい雰囲気だった。緊急車両がひっきりなしに行き交い、警官のみならず兵士も警戒に当たっている。あちこちに検問ができており、人通りも極端に少ない。

チャイルド・イン・ピースの施設が見えてくるまで、車内には長い沈黙が下りていたが、到着して車を駐《と》める段になって、レンはもそもそと口を開いた。

「あんた……何で一人で動いてるんだ」

「え？」

「日本の外交官のくせに、ちまちま人に会うばっかで……」

「空港から大統領府に直行して、国をあげての捜査を依頼するとでも？　あまり現実的じゃないな」

当たらずとも遠からずだったのか。レンはムッとした顔で黙りこむ。

「レン――」

少し考えてから、偲は自分がカ・ドクらに拉致《らち》されたときのことを思い返し、切り出した。

「昨日、銃を持った人間と揉み合ってたね。一体何があったんだ？」

「あんたの周りを張ってたら、見覚えのある顔を見つけて……ＢＡＬのヤツだったから。つかまえればアキのこと、何かわかるかもしれないと思って、つい……」

「何かわかった？」

問いに、少年は小さく首をふる。

「その前に警察が来て連れてった」

「僕を張ってたのは、アキを捜すため？」

今度は返事がなかった。彼は黙ってドアを開け、外に出る。偲も車を降り、離れていく背中に向けて訴えた。

「もうここまでにしておいた方がいい。アキが君をチャイルド・イン・ピースに連れてきたのは、こんなことをさせるためじゃないだろう？」

「そんなの言われなくてもわかってる！」

彼は、こちらに背を向けたまま声を張り上げた。それから一転して、力なく続ける。

「もしオレが生きてることがBALに知られれば、きっと戻れって言われる。拒否すれば、ここの人達がどうなってもいいのかって脅《おど》される。……そういう連中だ。わかってる」

いからせた肩から、うつむく頭から、抑えようのない悲しみがあふれて見えた。

「レン――」

呼びかけたきり、かける言葉に迷う偲の前で、少年は門扉《もんぴ》の脇にあるブザーを鳴らす。

と、門の中から美春《みはる》が飛び出してきた。

「レン！　どこに行ってたの⁉　戒厳令のこと知らないの⁉　こんなときに外泊なんて心配するじゃない！　――あ、やだ、桐島《きりしま》さん……っ」

「こんばんは」

そのまま去るわけにもいかず、偲は車を離れて門まで歩く。その間に、レンは美春の横をすり抜けて中へ入っていった。その背中を見送りながら肩をすくめる。

「僕の仕事を手伝ってもらっていたんです。心配をかけてすみませんでした」

「そうだったんですか。そういう場合、連絡をもらえると助かります」

ため息交じりに言う美春の後ろから、そのときぱたぱたと忙《せわ》しない足音が聞こえてくる。

「キリシマさん？」

顔をのぞかせたのはモレーニ代表だった。ヒジャブをかぶった顔の色が優《すぐ》れない。

「今、レンから来ていると聞いて……。ちょうど電話をしようと思っていたところなの。少し時間をもらえる？」

「ええ、かまいませんが……。僕に何か？」

「大変なのよ。議員が……ラパス議員が逮捕されたわ」

「え……!?」

　思いがけない知らせに息を呑《の》む。

「でもあの方はその前にうちに電話をかけてこられたの。アキのことであなたに伝えたいことがあるとおっしゃって」


　車を施設内のガレージに駐め、偲はモレーニと共に中に入った。いつもとちがう様子に気づいたらしいレンも戻ってくる。

　事務室だろうか。テレビと事務机のある小さな部屋へ通された。中には誰もいなかったが、テレビがつけっぱなしになっている。画面には、相次ぐテロと一部兵士による蜂起に対し、政府が戒厳令を敷き、警戒をさらに厳重にしているというニュースが流れていた。

　地下新聞の発行元に警察が押し入り、押しとどめる人員と揉み合う映像や、反体制勢力に占拠《せんきょ》されかかった放送局から、犯人達が引きずり出されてくる場面が、幾度《いくど》となく映し出される。

　騒乱に強硬姿勢で臨《のぞ》んでいることをアピールする狙いだろうが、そこからは非常事態の解決の目処《めど》が立たず、混乱の続いている状況だけが伝わってきた。

隣に立つモレーニ女史は、たった今ニュースでラパス議員逮捕の報が流れたのだと説明した。

「容疑は何ですか？」

「それが……彼は最近、左派系の集会に顔を見せたことがあったらしくて……」

「それで？」

「だからよ」

「それだけで？　集会に出席しただけで捕まるなんて馬鹿《ばか》げてる」

眉《まゆ》をひそめて返すと、彼女も深くうなずく。

「明らかな不当逮捕よ。彼の人気を警戒しての、どさくさまぎれな処置に決まってる。でも、それはいいの。こんなこと、彼の支持者や外国の人権団体が黙っているわけないもの」

女史はテレビの音量を少し下げてこちらに向き直った。

「それよりさっき——たぶん逮捕直前だったと思うのだけど、ラパス議員から電話がかかってきたの。あなたに伝えてほしいと言って」

「何でしょう？」

「今日の武装蜂起でビサワン共産党のメンバーが大勢捕まったでしょう？　それで色々な情報が得られたそうなの。ＢＡＬの現在の本拠地も判明したわ」

「本当か⁉」

即座に応じたのはレンだった。モレーニはうなずいて、壁に貼られていた大きな地図の前に立つ。

「何名もの取り調べで同じ答えが出てきたから、ほぼ間違いないだろうって。彼らの現在の拠点は、この島の中部の山脈にあるパラナオという山の中にある村よ。山岳地帯でね、周りは山ばかり。小さな村がちらほらある以外はほとんど人のいない土地みたい」

レンは彼女の指が円を描いたあたりを、食い入るように見つめていた。

「ラパス議員によると、国家情報調整庁と国家警察は、昨日の連続爆破テロをＢＡＬ残党の仕業《しわざ》と早くも断定したそうよ。近いうちに、その拠点を国軍が攻撃するらしいわ」

つまり一年前の誘拐事件に際してと同じ状況というわけだ。ひとつだけ大きな差違があるとすれば、今回はそこにアキがいるかもしれないということ。

地図を眺めてそう考えていたとき、レンが物も言わずに身をひるがえした。偲はとっさに手をのばしてその腕をつかむ。

「どこへ行くつもり？」

「急がないと手遅れになるかもしれない。国軍の襲撃が始まる前に助けに行かないと間に合わない」

まっすぐな眼差《まなざ》しに焦燥をにじませて、レンはきっぱりと言った。偲は首をふる。

「そこに彼女がいるとは限らない」

「いたらどうする！」

ひと声叫び、少年は腕をふってこちらの手を外した。

「襲撃っていうのが——武器にも金にも糸目をつけない国軍のやり方がどういうもんか、あんた知ってんのか？　攻撃ヘリがロケット弾をぶち込んでくるだけで基地はメチャクチャだ。家も畑も車もみんなぶっ壊されて火の海になる」

「レン——」

「そんな中でもし拘束されてたらどうする？　戦うことも、逃げることもできなくて、助けを待ってたらどうするんだよ……！」

「彼女が心配な気持ちはよくわかる。僕だって同じだ。だが——」

「わかるもんか！　あんたはオレとは全然違う。アキのいるところを軍が攻撃するかもしれないってのに、平気でいられるんだから……！」

「レン、落ち着くんだ。このままにするとは言っていない。だけどいきなりゲリラの基地に乗り込むなんて無茶だ。何か別のアプローチを探さないと」

衝動的に飛び出していこうとする少年は、そこに伴う危険について、まったく意に介していないようだ。闇雲《やみくも》なその行動を、進路をふさいで立つことで押しとどめる。

「せめて今日捕らえられたＢＡＬのメンバーにアキの居場所を確かめてから——」

「待てるか、そんなの！」

「だけど……っ」

「そうやって言い訳してりゃいい！　危ないから仕方がない、何もできなくても自分のせいじゃない、何とかしようと考えるだけは考えたんだって、アキが帰ってきたら言ってみろ！」

「レン！」

「あんたが臆病者《おくびょう》でいるのはあんたの勝手だ。だけどそれにオレを巻きこむな！」

怒りを剝《む》き出しにしてわめく少年は、興奮状態で手が付けられなかった。出口に立ちふさがるこちらを力任せに突きとばし、そのまま出て行ってしまう。

「レン！　どうしたの⁉　――いったい何があったの？」

二人とも日本語で話していたため、モレーニ女史には会話の内容がわからなかったようだ。おろおろと詰め寄ってくる。

偲は出て行った少年のことを気にしながらも、アキがＢＡＬの本拠地に捕らわれている可能性があることを、彼女に説明した。

「何ですって……！　ああ、なんてこと……」

女史はすぐに玄関まで走っていき、敷地内に少年の姿を捜したが、見つからなかった。ため息をつき、ドア枠《わく》にかけた手の甲に額《ひたい》を押しつける。

「……アキが姿を消してから、あの子はとても苦しんでいたわ。自分は彼女に助けてもらったのに、彼女が助けを必要としていたとき、力になれなかったと……」

「パラナオ山にあるという拠点は彼一人でたどり着ける場所ですか？」

「普通の人には難しいけれど……。でも武器を調達することも、同じ方向に向かう車を探して便乗することも、あの子にはどうということもないでしょうね。近くまで行ければばいいんだもの。山の中を歩くのには慣れているはずだし……」

弱々しく言ったあと、彼女は顔を上げる。

「でもレンは間違ってるわ。私にはわかる。アキは、あの子が危険をおかして助けに来ることなんて、決して望んでいないはずよ」

「僕もそう思います」

うなずいて、偲も踵《きびす》を返そうとした。のんびりしてはいられない。とにかく国軍が動く前に何とかしなければ。

退出しかけた偲を、女史がふと呼び止める。

「待って。あなたに渡すものがあるの……」

言いながら、彼女は事務机の上にあったハンドバックを取り、その中をかきまわした。

「この間、イギリスの本部に連絡する用事があったから、ついでにあなたに会ったことをネルソン神父にお知らせしたのよ」

「ネルソン神父――」

聞いた名前だと記憶をたどる。

(確か……チャイルド・イン・ピースの創設者?)

面識はないが、アキがたまに口にしていた名前だ。

女史は四つにたたまれたA４のプリント用紙を差し出してくる。

「彼はあなたのことをアキからよく聞いていたそうよ。この偶然をとても喜んでいらしたわ。それで……もし可能ならあなたに届けてほしいと、メールが送られてきたの。プリントアウトしたから、時間のあるときにでも読んで」

3

レンタカーに乗り込んだ偲は、次に取るべき行動を模索しながら車を出した。しかし大通りに入ったところで検問の渋滞に引っかかり、動きが取れなくなってしまう。遅々《ちち》として進まない車列の中で嘆息《たんそく》したとき、ふと助手席の紙片が目に入った。モレー二女史に渡されたネルソン神父からのメールである。一見したところかなり長文だったので、落ち着いたときにゆっくり読もうと思っていたのだが――。

(ちょうどいい)

前の車が少しも動いていないことを確認すると、偲はプリント用紙を手に取り、車内のライトをつけた。

『キリシマ シノブ様
私はNGOチャイルド・イン・ピースの代表、ジョージ・ネルソン神父と申します。』

そんな書き出しで始まるメールの文面は、温かく、親しみのこもったものだった。

『初めてご挨拶《あいさつ》をするにもかかわらずそのように思えないのは、アキから折に触れあなたの話を聞かされていたためでしょうか。お会いしたことはありませんが、私はもうずいぶん前からあなたのことを親しい友人のように感じておりました。

ご存じの通りチャイルド・イン・ピースは、戦争に従事させられている世界各地の子供達の救済を目的とした団体です。アキもそのスタッフです。最も熱心に活動に取り組んでいるスタッフの一人だと言ってもよいでしょう。彼女がそうまで子供兵士問題に積極的に取り組んでいたのには理由があります。まさに、彼女自身もその被害者だったからなのです。

今から二〇年前、左翼ゲリラと政府軍との間で内戦状態にあったコロンビアのある都市で、小学校が武装組織に占拠される事件が起きました。犯行グループは逃走の際、人質として数十名からの生徒を連れ去り、子供達はそれきり戻って来なかったそうです。アキはその連れ去られた生徒のうちの一人でした。

これはあとで聞いた話ですが、その中には一人だけ日本人の子供が交ざっており、両親の訴えを受けた日本政府が動いたことから、その子供は解放されたそうです。しかし同じ日本人の血を引いていながら、アキにはその恩恵が与えられませんでした。彼女の両親は日系人であり、二人とも日本の国籍を有してはいなかったのです。

その話を聞いたとき私は胸が痛みました。頼るべき政府のない国に生まれた子供達は、国民を守る力のある国に生まれた仲間をどのような思いで見送ったのでしょうか。そしてアキに関して言えば、自分に同じ血が流れている分、その経験は日本という国に対する鮮《せん》烈《れつ》な印象を彼女の中に残したそうです。

アキはその後、一〇年もの間ゲリラ組織の中で暮らしていました。生きのびる、ただそのためだけに優秀な兵士であるよう努めたと話しておりました。こと己の過去について、彼女はめったに口を開こうとはしませんでしたが、この間に多くの級友を失ったこと――それればかりか一度ならず自分がその死に関わったということだけは以前、長い時間をかけて告解《こっかい》したことがありました。私に言えるのは、彼女が、自分が生き残っていることに対して大きな罪悪感を抱いていたということだけです。

私は一〇年前にコロンビアを訪れる機会があり、その際、政府軍の捕虜になっていたアキを見つけ、戦いを強《し》いられる生活から助け出すことができました。その時彼女は二〇歳。チャイルド・イン・ピースの社会復帰プログラムに参加するや、失われた時間を取り戻すかのように必死に学び、三年後には私の仕事を手伝いたいと言って、ＮＧＯの拠点であるイギリスに現れるまでになりました。

もちろん私は喜んで受け入れました。それからのアキの活躍は、おそらく説明の必要はないと思います。ことにアフリカでの成果はすばらしいものでした。そしてその間、一度も問題が起きたことがなかったため、正直、私は失念していたのです。彼女がパスポートを持っていることの不自然さを。彼女は実刑こそ免《まぬが》れましたが、母国で大きな罪を犯したのです。考えるまでもなく、まともな手段でパスポートを取ることなどできるはずがありませんでした。

国を出るにあたり日本の偽造パスポートを作った彼女は短慮だったかもしれませんが、南米では海外へ出稼ぎに行くため、多くの人々が不法に外国籍のパスポートを取得するのはよく知られている通りです。彼女の場合、出稼ぎをするわけではなく、人のために働くことを目的としていたため、なおさら罪の意識は低かったことと思います。

彼女がその違法性を自覚したのは、チャイルド・イン・ピースの本部のあるオックスフォードで、日本人の留学生と出会ってからだったそうです。彼女はその相手に恋をしました。それは幸せな知らせでしたが、不安もありました。なぜなら話によると相手の青年はもちろん本物の日本人で、おまけに偽造パスポートや不法滞在といった言葉とは関わりを持つことすらタブーの、外交官の卵だったそうです。自分の現在と過去、双方の大部分を彼女は相手に明かすことができませんでした。

打ち明けたらどうなるのかを恐れていたせいでもあるでしょう。しかしそれだけではありません。彼女は自分の意志ではなかったとはいえ、一時はテロ活動に従事し、国に戻ればいまだに元ゲリラの扱いを受ける身です。そんな相手と付き合っていることが周囲に知れたら、青年の立場がどうなるか考えるまでもありません。結論から言えば彼女は逃げました。美しい思い出だけを残して、それが自分だと相手に信じさせたまま。

これは推測でしかありませんが、彼女はいずれ戻るつもりだったのではないかと思います。日本へ行って国籍を取得するか、あるいは他の国籍を取るか、いずれにせよ本物のパスポートを手に、晴れてもう一度青年のもとへ戻るのではないか。私はそう考えて、その後も彼女を見守っておりました。

しかし昨年、アキからの連絡が途絶えました。モレーニが手を尽くして調べたものの手がかりは得られず、警察にもまともに取り合ってもらえていないということです。もしアキが何らかのトラブルに巻き込まれているのだとすれば、このようなときにあなたがビサワンを訪ねてくださったのは、まさに神の導きとしか言いようがありません。どうかアキを助けてくださいい。彼女がこれまで多くの子供達を救うことに情熱を傾けたように、今度はあなたが彼女のために力を尽くしてくださることを願うばかりです。

どうか主イエスの豊かな祝福があなたの上にありますように。そしてアキがあなたと共に、私のもとに帰ってくる日が一日も早く訪れますように。

イギリスにて、主の平和のうちに。

２０××年2月19日　　ジョージ・ネルソン　』

気がつくと、後続車にクラクションを鳴らされていた。二重、三重にと増えていくクラクションの中、プリントアウトされた紙を凝視し続ける。

アキがいた。求めていた彼女の姿がそこにあった。過去の恋に心を残し、偲のもとに戻ろうと力を尽くしてくれていた。しかしそのさなか、不幸な出来事に見舞われ……そして助けを求める声に応《こた》える者は誰もいなかった。

その事実を胸中で嚙《か》みしめる。

「――――……」

現状に満足していた。

退屈とは無縁の職務にやり甲斐《がい》を見出していたため、省の中枢《ちゅうすう》から遠い場所にいることに不満や焦りを覚えることもなく、出世争いに血道を上げる親戚達を醒《さ》めた目で見ていた。

けれどいま、そのことに後悔を感じる。

彼女と別れてまで選んだ道ならば、誰を押しのけてでも身を立てておくべきだった。もう少し、自分の力や影響力を強めることに固執《こしつ》するべきだった。

そうすれば——もしそうしていれば、彼女の声は自分のところまで届いていたかもしれない。そして助けられるだけの権限のある役職に就いていたかもしれない。

(どうすればいい？　この先後悔しないために、僕に何ができる？)

理性はどうにもならないと告げていた。自分にできることは限られていると。

しかし感情は、その制限を作っているのは自分自身だと訴えていた。よって自分で取り払うこともできるはずだと。

やるべきことと、やるべきでないこと。……その境を取り除いてしまえば、目の前にのびている道はひとつ。もし関わっているのが彼女でなかったら、この先には進まなかっただろう。それが理由でいい。

偲は懐《ふところ》からスマホを取り出すと、着信履歴からブレーマンの番号を探し、そこにかけた。

まだ仕事中なのか、それはワンコールでつながる。

「やぁ、フレッド。僕だ」

『シノブか。どうした？』

「ひとつ頼みがあるんだ」

6章

集められた子供兵は、大人の兵士達に暴力と恐怖でコントロールされる。

BALの基地では、軍隊式の厳しい生活に耐えきれず逃げようとする子供もあとを絶たなかった。しかし脱走して捕まった者には悲惨《ひさん》な末路が待ち受けている。機密保持と見せしめのために皆の前で殺されるのだ。

その日、レンは脱走兵の前に立たされた。壁を背に、後ろ手に拘束《こうそく》されて立つ相手は、自分より少し年上なだけの少年だった。大人の兵士が、小銃を渡してよこした。

M16自動小銃。撃ち方は教えられていた。けれど人に向けて撃ったことは、まだなかった。

銃を受け取るのを拒《こば》むと殴られた。それでも拒んだところ、大人の兵士はこちらに銃口を向けてきた。

心の中でどんなに嫌だと思っていても、自分に銃を向ける相手の指が安全装置を外す音を聞けば、意に反して身体《からだ》が従ってしまう。

いったん武器を手にしたら、あとは訓練通りに動くだけ。小刻みに暴れる銃床《じゅうしょう》と銃身の感触が、生々しく身体に刻み込まれていった。

これは自分じゃない。自分がやったわけじゃない。自分がこんなことするはずがない。

痛みを感じる心を手放してしまえば。自分が自分であることをやめてしまえば——考えることをやめてしまえば楽になれるだろうと思い、それからはそうすることにした。

考えることも感じることも恐れることもやめて、ただ強くなる。

それは己《おのれ》の身を守る——死なないためのただひとつの手段だった。

1

偲《しのぶ》は国軍本部バラクアイン基地へ舞い戻った。メインゲートを越え、総司令部（G.H.Q.）の建物の前に車をつけると、連絡を受けていたらしく係官が飛んでくる。

目的は拘置所である。案内に立った係官について歩を進めていくと、ほどなくしてひとつの房の前に立った。将校を一時的に留めおくためのその房は、一兵卒や外部の犯罪者用の房とはちがい、最低限のものがそろった清潔な部屋だった。

壁際の寝台に横になった人物は怪我《けが》をしているようだ。左腕と、すべてのボタンが外されたシャツからのぞく腹部に包帯が巻かれていた。きれいにペンキの塗られた鉄格子《こうし》を、係官が警棒で手荒くたたく。

「カ・ドク、起きろ。客だ」

寝台の上の人物は、目をつぶったまま鼻を鳴らした。

「客ぅ？　こんなところに？」

「僕だ。答えをもらいに来た」

偲が鉄格子の前に進み出ると、カ・ドクは億劫《おっくう》そうに目を開き、無精《ぶしょう》ひげの中のくちびるを歪《ゆが》めて笑う。

「これはこれは……あんたも物好きだな。忠告しておくぜ。まっとうな人生を送りたきゃ、これ以上テロだのゲリラだのに関わるもんじゃない」

「ご忠告どうも。そういうあなたはゲリラの他に、もうひとつの顔を持ってますね。それがこの待遇につながっている」

言いながら、偲は小綺麗《こぎれい》な房を視線でなぞった。カ・ドクは片眉《まゆ》を上げる。

「……それがどうした。いくら立派な主義主張を持っていたところで、食ってけなきゃ意味はない。子供が生まれて途方に暮れていたとき、米軍が声かけてきたんだ。組織の情報を買うって。情報の内容によっちゃあいつら、嘘《うそ》みたいな金をよこしやがる。犬に成り下がるのに時間はかかんなかったぜ」

「米軍にＢＡＬの情報を流したり、工作を行うようになったわけですね」

「あんたを助けたのだって、米軍《やつら》に言われたからなんだぜ」

「……僕を？」

「できる限りあんたを守れと言われた。けどＢＡＬのトップは、計画を進める上で邪魔になりそうなあんたを始末しろと言ってきた。だから俺が、計画に利用できると言ってその指示を撤回させたんだ」

陰《かげ》を宿した眼差《まなざ》しでカ・ドクが笑う。しかしやがて、まばたきひとつでそれを己の奥に押し込めると、彼はニヤリといつもの笑みを見せた。

「尋問はそれで終わりか？」

「……いいえ、まだあります。あなたは一度、正体がばれそうになったことがありますね？」

すぐに何のことか察したらしい。彼は小さく肩をすくめる。

「組織の中にスパイがいると幹部が言い出した。そう聞いてすぐ、俺だと疑われないよう先手を打った」

「アキに罪をなすりつけたんですね」

「そうしなきゃ俺が殺されてた。でも俺はその女だとは言ってない。レンだって言ったんだ」

「え……？」

「米軍から、あいつが人質を逃がしたことを聞いてたからな。俺は『レンが人質を連れ出してるのを見た』って言ったんだ。狙い通り幹部達は、あいつが米軍に情報を流して国軍の襲撃を招いた上に、人質ともども脱走したと考えた。それで制裁するって捜してたんだが、あるとき、協力者から妙な情報が入ってな。――襲撃の前に、日本人の人質を解放す

してたって話

るよう基地に交渉《こうしょう》しに来てた女が、自分の知ってることを洗いざらい米軍に教えたって話していたというんだ」

「アキが、自分でそう言ったと？」

「協力者によると、女はそいつが俺達に通じてるとは知らずに手柄《てがら》話を披露したらしい。その中で、情報を米軍に売ったのも、人質を盾にしようとしていた少年兵を倒してビサワン人の人質を逃がしたのも自分。なのにＢＡＬは見当外れの少年を追いかけている。そいつが死んだとも知らずに、って笑ってたそうだ」

鉄格子をにぎる手に、思わず力がこもる。

「……それで？」

「もちろん幹部らは真相を知って激怒した。女がモラレスの知り合いだとわかると、すぐモラレスに女をおびき出すよう指示をした」

「彼女は捕まったんですか？」

「そう聞いた」

簡潔な答えに、予想はしていたものの足元がくずれていくような感覚に陥《おちい》った。

「今、どこに？」

「さぁな。俺は女の言うことが嘘だと知ってたが、口に出すわけにもいかない。なるべく関わらないようにしてた」

「そうか……」

すべては手遅れだったのだろうか。

（いや、まだだ）

アキは今、彼らのもとにいるとはっきりしただけだ。そんな思いが、儚《はかな》い光となって胸の内でゆれた。

「その話を聞いたのはいつですか？」

「去年……の終わり頃だ」

記憶をたどりながらの答えに、わずかに安堵《あんど》する。それではメールの件が説明つかない。そう思いつつ、染み出すような暗い予感もあった。水に墨《すみ》を落としたときのように、不安が広がり心を浸食していく。その源にあるものを――事の真相を、薄々《うすうす》察しながらも俣はあえて目を背けた。

目にすればおそらく気力が萎《な》えてしまう。今はただ、前に進まなければ。

鉄格子越しに立ちすくむこちらの姿を締め出すように、カ・ドクが目を閉ざす。そして億劫そうに、壁に向けて寝返りを打った。

「……今、俺の子供達は道ばたで働かなくても毎日ちゃんと食って学校に通える。後悔はしてないね」

トニーが放り込まれていた房は、カ・ドクのそれと比べてはるかに見劣《みおと》りのする場所だった。狭く暗い部屋の中、剝き出しのトイレが置かれている。

ひどく暴行を受けたらしく、顔と言わず身体と言わず、無数の生傷をこしらえていた。それでも運の良い方ではある。カルロスは射殺されたのだから。

姿を見せた偲に対し、トニーははじめ敵意を隠さなかった。

「何しに来た⁉」

「君は、ここを出たいと思わないか？」

「思っても、あんたに頭を下げるつもりはねぇよ！」

眼差しをとがらせる青年と目線を合わせるように、偲は床に膝《ひざ》をつく。

「君に相談がある」

「……相談？」

おもむろに切り出すと、トニーは胡乱《うろん》げに眉を寄せた。

「君はパラナオ山の基地周辺にはくわしいんだろう？」

「当たり前だろ。庭みたいなもんだ」

「よし。僕は君をここから出す。その見返りとして君は、僕をＢＡＬの拠点まで案内してほしい」

「出すって……釈放《しゃくほう》ってことか？」

呆気《あっけ》にとられるトニーに向けてうなずく。

「幸い君の罪はそれほど重くない」

偲がカルロスの銃を奪ったとき――彼が撃てと指示をした、あのときにもしトニーが従っていたなら、その罪は長いこと青年の足を引っ張ることになっただろう。しかし彼は思いとどまった。

同じことに思い至ったのか、トニーは言葉を詰まらせる。だまされるものかとばかりに警戒をにじませてにらみつけてくる眼差しを受け止めていると、やがて彼は怒らせていた肩の力を抜いた。

「バカか。そんな話、誰が信じるってんだ」

「君は前科もないというし、釈放はそう難しくない。そして僕は早急に道案内を必要としている。それだけのことだよ」

「俺が……基地に着いたあと、あんたを仲間に突き出したらどうするつもりなんだ？」

「君はこの状況で組織に戻るつもりか？　作戦に失敗して国軍に捕まったはずの君が、こんなにすぐ解放されたことを知ったら、仲間はどう思うかな？」

小首をかしげて問うと、トニーの顔がすっと硬くなる。

「自力で脱出して……外国人を人質にとって足を用意させたんだ。そう言えば不自然じゃない」

「試してみればいい。ちなみに君に武器は渡さないよ。それに、そうそうおとなしく人質になるつもりもない」

「――――」

隙《すき》を突かれ、押さえ込まれたときのことを思い出したらしく、彼は顔をしかめた。

「……何するつもりだよ？　のこのこ顔出したら、あんたきっと殺されるぜ」

「人を捜しに行かなきゃならないんだ。僕はたぶん、彼女に呼ばれている」

思うところを正直に告げると、青年は怪訝《けげん》そうな顔をする。それもそのはず。自分でもひどく主観的な理屈だと思う。それでも、アキのメールを目にしたそのときから今に至るまでの経過を考えると、そうとしか考えられなかった。ずっと彼女に導かれてきたような気さえする。

「ヤケになっているわけじゃない。死ぬつもりもないよ」

「あんたを基地に送り届けて……それから俺はどうなる？」

「もし行きだけでなく、帰りも案内についてくれるなら、そのあとで君を知り合いに紹介する」

「仕事の世話か？　無理に決まってんだろ。元ゲリラなんて誰が雇うかよ」

鼻で笑う相手に、軽く肩をすくめる。

「そういう若者をケアしてるグループがあるんだ。そこに行けば勉強と職業訓練を無料で受けることができる」

「タダで？」

「そうだ」

「嘘つけ！　そんなうまい話があるなら、とっくにみんな飛びついてるさ」

いら立ちを込めた口調で吐き捨てた。

切り捨てるような物言いは、こちらの話を信じていないというよりも、変な希望を持たされることへの反発のように感じる。それは裏を返せば、青年がこちらの提案に気を引かれているということだ。

「みんなは知らないだけだ。三年前に活動を始めたばかりのグループだし、まだ目立った結果も出していないからね」

「そらみろ、本当はそんなもんないんだろ？　適当なこと言って俺を利用しようとしているだけだ」

「でも少なくとも、この話に乗れば、君はここから出ることができる。それは確かだ」

そう言うと、青年は黙りこんだ。

捕まったあげくに刑に処せられ、その後も共産ゲリラのレッテルを貼られて生きていく人生を考えれば、釈放されるだけでも儲《もう》けものである。

少し考えた末、トニーは鉄格子をにぎり、隙間に顔を押しつけてきた。

「今ここでそのグループってやつに電話しろ。けど、こっちの事情は話すなよ？　俺がそいつにどんな仕事をしてるのか質問する。それであんたが言ったのと同じ答えが返ってきたら、本当ってことだ」

「なるほどね」

用心深いことだ。しかし要求通りにモレーニ女史に電話をして話をさせたところ、彼は意外なほど大人しく、じっと相手の言うことに聞き入っていた。

「……本当に、俺でもまともな仕事につけるのか？」

最後にぽつりとこぼれた問いは、一八歳という年齢には見合わないほど心細げに響く。

それに対する返事に静かに耳を傾けた末、電話を切った彼はそれまでの迷いを捨てるように、はっきりと応じた。

「ＯＫだ。パラナオの基地に行って下山するまで、あんたを案内する」

偲はほっと息をつく。そして立ち上がり、手をふって近くの係官を呼んだ。

2

【スポット情報　ビサワン：非常事態宣言の延長に関する注意喚起《かんき》】
（内容）
1　二月二〇日、ビサワン政府は、現在非常事態宣言が発令されているマプア首都圏およびマラナオ島について、相次ぐテロと武装蜂起《ほうき》を受け、事態の収拾をはかることを理由に、同地域の非常事態宣言を延長する旨《むね》を発表しました。
2　なお、同政府は、上記の地域以外でも武装勢力が活動しているとされる地域に国軍等の治安部隊による武力行使を予定しており、現在別途非常事態宣言を発令しています。
3　ビサワンへの渡航を検討されている方は、在ビサワン日本大使館（在マプア総領事館）の注意喚起に留意し、事前に外務省、現地の在外公館や関係機関、現地報道等より最新情報を入手するよう努めてください。
4　また、上記の非常事態宣言発令地域には、危険情報の「不要不急の渡航は止めてください。」が発出されていますので、不測の事態に巻き込まれないためにも同地域への渡航を避けてください。

トニーと共に地下の拘置所をあとにし、廊下を歩いていたところで上村《うえむら》から電話がかかってきた。通話ボタンを押したとたん、挨拶《あいさつ》もすっ飛ばして安堵の声が響く。

『桐島《きりしま》さん？　やっとつながった！　昨日から何度もかけてたのに、全然つながらなかったから心配してたんですよ。今日の騒ぎに巻き込まれてるんじゃないかって……』

「あぁ、ごめん。色々あって……」

スマホが戻ってきた際、上村からの着信履歴に気づいてはいたが、他の連絡を優先するうち、つい後まわしにしてしまっていたのだ。

「察するに、本省から訓令が来てるだろう？」

こちらの事情を質問される前に話題をそらすと、上村は『そうなんです』とうんざりとした声音《こわね》で応じた。

『現状について子細漏らさず情報を集めるようにって。――ですが各方面で情報が錯綜《さくそう》しまくってて、もー何が何だか……。そちらはどうですか？』

「こっちはまぁ順調だよ。手がかりがあったんで、これからＢＡＬの拠点に乗り込んでみるところ」

『はぁ――って、ええっ⁉　いま何て言いました……⁉』

「騒動のこと、少し落ち着いたらラパス上院議員に当たってみるといい。彼は一連の動きを正確に把握《はあく》している数少ない人間だ。今日逮捕されてしまったみたいだけど、色んな圧力がかかるだろうし、おそらく近いうちに釈放されるんじゃないかな」

『わかりました、覚えておきます。それより桐島さん、どこに向かってるって――』

「今手が離せないんだ。ごめん、またあとで」

一方的に言うと、話の途中で電話を切った。

ブレーマンからはこのあと、基地内のグラウンドに向かうよう言われている。駐車したままだったレンタカーのドアに手をかけたとき、今度は廣川《ひろかわ》大使から電話が入った。

上村から参事官を通して報告が上がり、急いで受話器を取ったのだろう。なかなか迅速《じんそく》な反応だ。そしてやはり挨拶を省《はぶ》いて性急に切り出してきた。

『書記官に妙なことを口走ったらしいな』

「月守亜希《つきもりあき》は昨年の誘拐《ゆうかい》事件の実行犯であるＢＡＬの拠点にいるものと思われます。私もこれからそこへ向かうつもりです」

『馬鹿《ばか》も休み休み言いたまえ！　今がどんな状況かわからないのか？　こんなときに――いや、そもそもゲリラに接触すること自体、正気とは思えない』

「ですがそれ以外に彼女の真意を知る方法はありません」

我ながら説明になっていないと思える答えを返し、手持ち無沙汰《ぶさた》そうに立っているトニーに車のキーを渡す。自分は助手席に乗り込んだ。ほどなく車が動き出す。

その静かな車内に、大使のもっともらしい声が響いた。

『そこでもし君に何かあったらどうする。その結果、仮にも日本の外交旅券を持った人間が、反政府組織の拠点を訪れていたことが表沙汰になったら、どう釈明するつもりだ。下手《へた》をすれば内政干渉とも取られかねないんだぞ。絶対に許すわけにはいかない。すぐに引き返すんだ。いいな？』

熱心に引き止めてくるのは、もちろんこちらを心配してのことではない。もしこのまま偲がテロリストの基地に乗り込んでいくようなことがあれば、その暴挙を許したこと自体、彼にとっての大きな失態となる。

「私が動くのに、大使の許可は必要としません。ただお伝えしているだけです」

『桐島君！　――せめてもう少し待て。非常事態宣言が解除されてからでもいいだろう』

「いいえ、それでは間に合いません。――トニー、右だ。グラウンドへ」

交差点に行き当たり、行き先を問うようにふり向いた相手へ短く告げる。片手間の電話と察したらしい大使が、いら立ちを込めて訊《き》き返してきた。

『何が間に合わないというんだ⁉』

「近日中に、国軍によるＢＡＬの基地への掃討《そうとう》が行われるそうです。何としてもその前に行かなければ……」

『ならばなおのこと、今は控えるべきだ。君のために言っているんだ、桐島君。それがどれだけ危険なことか、わからないわけじゃないだろう』

そして何もしないまま事態が解決することを祈るのか。それがアキによる今回の脅迫《きょうはく》につながったことを省《かえり》みることも、悔いることも――恥じることもなく。

目を閉じ、こみ上げてきた感情をため息と共に押し出す。どれだけ言葉を並べても話がかみ合わない。しかしそれも予想できたことではあった。

「あなた方は彼女をテロリストと断じ、日本人と名乗らせないよう、国内に入れないよう、あえて危険の中に放置した。それがあなた方の仕事であるというのであれば、運良く生きのびた彼女の怒りと恨みを受け止め、謝罪し、報復を止めるのが私の仕事です。いわばあなた方の尻《しり》ぬぐいだ」

大使からの返事はなかった。怒りのあまり言葉が出ないのだろう。

視界の先に、開けたグラウンドが見えてくる。そこには一機の輸送ヘリが置かれていた。

あれに乗れば、もう後戻りはできなくなる。腹をくくると同時に、自嘲《じちょう》の笑みがこぼれ落ちた。

本当は、仕方がないとわかっている。半年前のような事態に直面すれば、大方の人間は廣川大使と同じように事態を処理するのではないか。褒《ほ》められたものではないが、その地位にある身として最低限の責務は果たしている。……犠牲《ぎせい》になったのが見知らぬ他人であれば、自分だってそう考えただろう。そして波打ち際の砂をひっかくほどの同情を覚えたのち、雑多な現実という波にさらわれ、記憶が消えるにまかせたはずだ。

つまりこれは私怨《しえん》なのだ。自分の帰属する組織がアキを踏みつけたという現実を、どうしても受け入れることができない。事件が起きたときに、自分が蚊帳《かや》の外にいたことが許せない。納得がいかない。

その一念が、飲み込むことも吐き出すこともできず、身の内で燻《くすぶ》り続けている。

「廣川大使——手紙はどこです？」

「——————」

「もし今回、月守亜希が運良く生還を果たしたとして、彼女から届いた手紙が大使の手元にあったなら、すべての責任がどこへ向かうかは明白です。そうなる前に私を巻き込んでおくことをお勧めします」

『君が……たかが女性一人のために判断をくるわせるような愚《おろ》かな人間だとは思わなかった。お身内の方々もひどく失望されることだろう』

まるで呪詛《じゅそ》のような言葉を残し、電話は切れた。

陰鬱《いんうつ》な思いでスマホの画面を消し、懐《ふところ》にしまう。

しかしそんな気分も、いよいよ到着したグラウンドですでに動力の入った輸送ヘリを前にして、どこかへ消えてしまった。

これでレンの行く手に先回りできるかもしれない。車を止め、指示を待つふうのトニーへうなずいて、二人で外に出る。夜のグラウンドに、車のドアを閉める音がふたつ響いた。


いつでも離陸できる態勢で待機しているのは、将校クラスが足代わりに使うことも多い、小型の多用途ヘリコプターである。

近づいていくさなか、またもスマホの着信音が鳴った。今度は日本からの国際電話である。液晶に名前は表示されていないが、相手が誰か予想はついた。電話に出ると案の定、調査室の稲田《いなだ》室長が抑揚《よくよう》のない声で切り出してくる。

『私がこうして電話する理由は、だいたい想像がついていることと思うが――』

「廣川大使からクレームでもありましたか？」

『ああ、それと大洋州《たいようしゅう》局と領事局からもな。縄張りを荒らすのもたいがいにしろと』

「ご迷惑をおかけします」

『けっこう。頭ははっきりしているようだな。みんな君が、いつも以上にどうかしてしまったようだと、えらい剣幕だったが』

「あとでくわしく説明させていただきますが、どんなに無謀《むぼう》だろうとこれは今回の懸案の解消のために避けては通れません」

応じる脳裏《のうり》で、レンの必死の訴えを思い起こした。

――何とかしようと考えるだけは考えたんだって、アキが帰ってきたら言ってみろ！

書類上でしか事件を知らない人間にはわからないだろう。彼らがすでに解決したと考えている事件の裏には、まだあれだけの悲憤《ひふん》が残されている。そこから目をそらし、やれるだけのことはやったのだと、再び真相に蓋《ふた》をしたのでは何も変わらない。

なんとしても今、助けを求める声の源を突き止めなければ、禍根《かこん》は必ずまた残る。

「ダメと言われても休暇を取って行きますよ」

『休暇か……。それはいい考えだ。手配しておこう』

万が一のことがあった際、双方にとって逃げ道となる。その案に、室長は嘆息《たんそく》交じりに応じた。

『私としてもそこまでする必要があるのかどうかは疑問だがね。やるからにはちゃんと成果を出してもらわなければ困るよ』

熱のない励ましに口元がほころぶ。

単独行動を基本とするはみ出し者ばかりを部下に持ちながら、これといった失点もなく過ごしてきた上司である。引き止めるような繊細な神経は持ち合わせていないのだろう。

スマホ片手にヘリコプターに乗り込もうとすると、開いたままのスライディングドアから、ブレーマンが上半身をのぞかせて迎えた。

「遅かったな。早く乗れ」

通話を切り上げながら、高い位置にいる相手を見上げる。

「フレッド、君を巻き込むつもりはないんだけど……」

「俺だって巻き込まれるつもりはない。単なる見送りだ」

ヘリコプターのローターが回転を始める。その音に負けないよう声を張り上げ、彼は偲の後ろにいたトニーに目をやった。

「……そいつは？」

「案内人だ」

「カ・ドクのほうが役に立つぞ」

「トニーに頼みたい」

気まずそうに立つ青年からこちらに目を移し、ブレーマンは肩をすくめる。

「あんたがそれでいいならいいいさ」

三人が乗り込むと、機体のローター音はいっそう高くなり、軽い振動と共に機体が離陸した。座席についてからも落ち着かずに機内を見まわしていたトニーが、窓に張り付いて歓声を上げる。

俣はここから目的地までのおおよその距離と、ヘリコプターの一般的な速度を考えながら、腕時計に目をやった。

(二三時か……)

パラナオ山へは、おそらく一時間以内に到着するはずだ。

とそのとき、肩をたたかれる。ふり向くと、隣に座るブレーマンがヘッドセットを差し出していた。両耳をすっぽりと覆《おお》う形のそれを装着したところ、ヘリのローター音が遠のいた。それだけでなく、スピーカーを通して相手の声が響いてくる。

『聞こえるか?』

『はい』

『よし、じゃあ確認だ』

ブレーマンは地図を広げた。

『あんたの望み通りにこのヘリは今、パラナオ山に向けて北上しているわけだが――』

言葉と共に、地図を指していた指がマップアから離れ、目的地のあたりに大まかな円を描く。

『このヘリは当然のことながら、基地まで乗りこんでいくことはない。地対空ミサイルで撃ち落とされるのはご免だからな。行くのは手前の山までだ。あとは自力で何とかしてくれ』

言われるまでもなく、武装組織の拠点へヘリコプターで派手に突入していくなど自殺行為である。むしろ気づかれないよう十分注意しなければならない。

幸いなことにパラナオ山の周辺は広く続く山岳地帯だ。ひとつ手前の山で降り、一晩かけて越えるのが一番確実だろう。

『ちなみに国軍はいま急ピッチで掃討戦の準備をしている。問題がなければ決行は明日の夜になる。それまでには離脱しろ』

『……わかった』

『それからこれが──ご注文の品だ』

そう言い、ブレーマンはひと抱えもある背嚢《はいのう》をどすんと放ってよこす。金具を外して中を確認すると、まずは見るからに頑丈そうな重たいアーミーブーツが目に入った。誰かの予備ででもあるのか、普段使いのごとく履《は》きつぶされている上に、表面には所々乾いた泥がこびりついている。

それを取り出して脇に置くと、次に野戦服が出てきた。こちらも急いで押し込んできたらしく、しわくちゃだ。その下に救急キットやら、携帯食料やら登山に必要な装備が詰められている。

どれも、山越えを想定して偲が頼んでおいたものだった。

『頼まれなかったがマラリアの薬も入れておいた。飲料水もたくさん入っていて重いだろうが、捨てずに持ち歩け。それから携帯電話のバッテリーの残量に気をつけろ。でないとかなりの確率で脱水症状、熱病、連絡不能という愉快《ゆかい》な事態に陥ることになる』

『それは避けたいね』

中には予備の小さな雑嚢も入っていた。ちょうどよいので、それにトニーの分の食糧や水、薬を移して荷物を分ける。着替えるために野戦服やブーツを取り出すと、背嚢はだいぶ嵩《かさ》を減らした。

『以上で全ておそろいですかね？』

地図をたたみながら、ブレーマンがレストランのウェイターの口調を真似る。偲はうなずいた。

『ありがとう。助かった』

『よし。これでチャラだ』

ほがらかに笑い、彼は足を組んで背もたれに寄りかかった。偲が背嚢から引きずり出した野戦服を広げていると、『あのな……』と口を開く。

『その服とブーツな、休暇中のヤツのを適当に拝借してきたんだ。必ず返してくれよ』

そこに込められた意味を察して、ほほ笑んでうなずいた。

『もちろん』

スーツの上着を脱ぎ、洗濯されていることを祈りながら野戦服に袖《そで》を通す。下も履き替えてアーミーブーツに足を押し込み、きつめに紐《ひも》を結んでいるうち、ヘリは次第に高度を落としていった。

3

着陸に適した地点を探し、山肌を這《は》うような低空飛行を続けた末に、パイロットは山の中腹部に適当な場所を発見した。

ひそかに、そして迅速に偲とトニーを降ろしたヘリコプターが引き返していったのは、予想通り夜中の一二時頃。

二人はそれから木々の下生えの中に潜り込んで仮眠を取ったあと、夜が明けるのと同時に移動を開始した。トニーによると、目的地であるＢＡＬの基地は、現在登っている山の頂を越えて一度下り、さらに登った先にあり、徒歩で半日ほどの距離だという。夕方くらい——情報通りなら国軍による掃討が始まる前には到着できる計算になる。

気にかかるのはレンの所在だった。交通手段を考えるとこちらのほうが速いはずだが、何しろ四、五時間は出遅れている。

（うまく先回りできればいいけど……）

正直この深い森の中で少年一人をどのように見つければいいのか、皆目見当がつかなかった。目的地が同じであることと、かろうじてある獣道《けものみち》を彼もたどっているはずという希望をもとに、幸運を祈るしかない。

トニーによると、基地はもともと別の左翼ゲリラが拠点としていたが、昨年、国軍により壊滅的な被害を受けたＢＡＬの残党が流れ込んだ末に、乗っ取ったのだという。

「俺はもともと乗っ取られた側の部隊にいたんだ。だから最初からずっとあそこで暮らしてた」

慣れてしまえば、彼は明るく人なつこい人柄だった。単調な道中の気晴らしもあるのだろうが、こちらが訊《たず》ねるままにあれこれ話を聞かせてくれる。

しかし話題が、基地で何度か処刑を目にしたという話になったとき、彼は何かを思い出すようにふと口ごもった。

「名前は知らないけど……一度日本人の女が連れてこられて――」

ちょっと言葉を切って、こちらの顔色を窺《うかが》うように続ける。

「殺されるのを見た」

「――その人……本当に日本人だった？」

早鐘を打ち出した心臓を抑えるようにして確かめると、彼は曖昧《あいまい》に首をかしげる。

「さぁ……。でもまちがいなく外国人だった」

そういったことはよくあるのか、組織には東アジア系の人間もいるのか……。追及の質問が次々と浮かぶが、そのどれも口にすることはできなかった。これ以上望みを失いたくない気持ちがそうさせた。

（まだだ……。まだ確定したわけじゃない――）

悲観に飲み込まれそうになる自分を叱咤《しった》し、気力を奮い立たせる。ひたすら無心に手足を動かし続けた。

「……行くの、やめるか？」

反応がなかったことから異変を察したのか、トニーが足を止めて訊《たず》ねてくる。

「いや──」

偲は考える前に首をふった。蜻蛉《かげろう》の羽のように希望が儚《はかな》くなってしまったとしても、まだ絶えたわけではない。

それにレンのこともある。何としても彼を見つけ出し、無事にここから連れ出さなければならない。

「行くよ。ちょっと疲れただけなんだ。……進んでくれ」

そう言うと、トニーは再び歩き始めた。その足跡を追い、一歩を踏み出す。

実際、昼が過ぎ、午後になる頃にはさすがにきつくなってきた。装備は重く、まとわりつく熱帯の空気はうんざりするほど暑く、岩場や沼地を含む道は普通に歩くことすら難儀する。大きな倒木や朽《く》ち木に行く手をふさがれていることもしばしばだった。そのたびによじ登って越えるなり、迂回路を探してさまようなり、余計な労力を強《し》いられるのだ。

しかしトニーは何くれとなく話をしながら平気な顔で歩き続けていた。休憩のとき、立ったまま周囲を警戒していた彼は、弱音を吐くこちらへ上から目線で肩をすくめる。

「こんなの苦しいうちに入らねぇよ。作戦なんかのときは一日中飲まず食わずで歩かされることもあるんだぜ。もっと重い荷物や武器を担いでさ」

「どうりで鍛《きた》えられてるわけだ」

暑さに辟易《へきえき》しながらペットボトルの飲料水に口を付ける偲から目をそらし、彼は「それに……」とこぼした。

「……世の中、しんどいことなんていくらでもあるしな」

つぶやきの意味を計りかねていると、トニーは手近な木に寄り掛かり、足元を見る。

「カ・ドクは米軍とつながってたんだってな。聞いたよ。そんとき……あんたの言う通り、こんなことしてても何にもならないと思った」

「あぁ……」

自分を指揮していた上官が、組織の掲げる革命の理想とは程遠いところにいたと判明したのだ。手ひどい裏切りと感じたことだろう。

「君は……なぜゲリラに入ったの？」

「兄貴がメンバーだったからさ……」

「お兄さんがいるのか」

「いたんだ。国軍との戦闘中に殺された」

「それは……気の毒に」

短く返す偲に、トニーは苦い笑みを見せた。

「俺達、パラナオの麓《ふもと》の村で暮らしてたんだ。田んぼと畑と山しかない田舎《いなか》でさ、家は学校にも行けないくらい貧乏だった。村の連中はみんなそんな感じだったけど……」

「そうか」

「ゲリラの基地に行くとタダで飯を食わしてもらえたから、よく遊びに行った。そうすると訓練とか見ることもあって……俺とそう歳《とし》の変わらない奴らが隊服着て銃なんか構えてると、やっぱうらやましくなってくるんだよ。村の大人達には、『あいつらに関わるな』って言われたけど気にしなかった。ゲリラは村によく革命税を徴収しに来てたから、大人達には嫌われてたんだ」

革命税とは、共産党系の武装勢力が、活動資金として近隣の住民から非合法に徴収する金品のことだ。子供だったトニーは、そのせいで組織に反発を覚えることもなかったのだろう。

「基地には大学を出た人もいて、勉強を教えてくれた。その話を聞いているうち今の世の中はおかしいってわかってきた。不公平でまちがってるって。俺はそれが正しいことだと思ったし、戦ってる奴らが強くて格好よく見えた。気がついたら入隊してた――」

「そう……」

「でも実際に活動を始めてみたら、思ってたのと違ってさ。……貧乏人から革命税を取るとか、企業から金取るために従業員を誘拐して……でもたまに見せしめだっつって人質を殺すこともあって、そういうのは嫌だった……」

トニーはうつむき、爪先《つまさき》で足下の土を蹴《け》っていた。

「おまけにしばらくして、国軍にやられたＢＡＬの生き残りがうちに流れ込んできて……。

それがみんな、カ・ドクみたいな強い奴ばっかりでよ。基地は乗っ取られて、規則も訓練も一気に厳しくなった。活動内容も過激になって、犠牲もいっぱい出た。——逃げ出そうとして殺された奴も含めて」

「そうか……」

言葉が途切れた頃合いを見計らい、偲は荷物を背負い、立ち上がった。話し込んでしまったことに気づいたように、トニーもあわてて支度を整え、先に立って歩き出す。

草木を踏みしめ、枝葉を払いのける音だけがしばらく続いたあと、トニーは誰へともなく独《ひと》りごちた。

「兄貴も死んだ。撃たれたとき、兄貴は『死にたくない。こんな死に方はいやだ』って……死ぬまでずっと言ってた。バラクアイン基地で捕まってる間、そのときの声がずっと頭の中をまわってた」

「誰だって死にたくはないよ」

「死にたくないのはもちろんさ。でもそれ以上に、あそこで死んでも意味ないだろ？　……世界を変えることにもならないし、みんなのためってわけでもない。それが我慢ならなかったんだ」

憤然とした言い分につい笑ってしまう。

世界を変えるような、あるいは多くの人々のためになる英雄的な死。それを真剣な顔で話す若者の純粋さに、張り詰めていた気分が一瞬和《やわ》らぐ。

そのとき、トニーが「あ！」と声を上げてこちらをふり返った。

「思い出した！　そうだ。さっき言った、外国人の女の話。その人、殺されるときになっても騒いだりしなくてさ。処刑前にメンバー達に小突かれたんだ。『恐くないのか？　おまえはここで死ぬんだぜ』ってさ」

キェ――ッ
どこかで高く、奇怪な鳥の声がした。不吉な響きに偲はわずかに眉を寄せる。その耳にトニーの言葉は容赦《ようしゃ》なく滑り込んできた。

「その人、言ってた。『私はここで死ぬかもしれないけど、それは私が誇《ほこ》りを持って生きたことの証《あかし》だ』って」

「――――……」

その瞬間、音を立てて全身の血が引いていくのがわかった。最後までかすかに残っていた希望の灯《ひ》が、あえなく吹き消されてしまう。

アキだ。それは彼女だ。今度こそまちがいない。

（いない――）

手遅れだった。彼女はもう、この世のどこにもいないのだ。

幕が下りたように目の前が暗くなる。ここへ来ると決めたときに思い描いていた結末が、抗《あらが》いがたい力によって歪んでいく。

（しっかりしろ）

萎えそうになる自分の足を叱咤する。いまさら引き返すことなどできるはずがない。無理を通した経緯を考えれば、先に進むしかないのだ。

何か——そう、二度と彼女が起きあがり、声を発することはないという証を目にするまで。そして今回の件において、重要な鍵をにぎると思われる少年を保護するまでは。

置き去りにしていた使命感を引きずり出す。目の前を閉ざす闇《やみ》をかき分けるようにして、惰性《だせい》で手足を動かし、目指す先へ自分を導く青年の足跡を追い続けた。

7章

経験を積んだ大人の兵士と違って、子供兵は替えのきく消耗品《しょうもう》だ。その任務は時に、大人の兵士に課されるものよりも過酷だった。

敵地に潜入しての情報収集や工作などはマシな方で、地雷の敷設場所を歩かされることや、あるいは陽動作戦の囮《おとり》や、大人の兵士の弾よけとして、銃撃戦の中に立たされることもある。

人の命を奪うことについても容赦《ようしゃ》はない。はじめは人殺しをためらっていた子供達も、作戦をこなしていくうちに慣れ、手柄《てがら》を大人から褒《ほ》められると、自分から積極的に戦闘に関わっていくようになる。

そうして生きのびた者だけが経験を積んで年長の兵士となり、新しく入ってきた子供を利用して自分の身を守る権利を得ることになるのだ。

あの男は知っているのだろうか。異国に埋めて隠した不都合な真実の向こうに、そんな世界があったということを。

命の危機が迫って初めて、彼女は地表へ手をのばした。だがその手をつかんで引き上げる者はいなかった。引き上げた末に、自分にも泥がかかるかもしれないという、それだけの理由で誰もが見て見ぬふりをした。

彼らは一瞬でも考えたことがあるだろうか。

足首にからみついた手という手に、地中へ引きずり下ろされていくときの、彼女の絶望を。

1

「ほら、あれだよ。——家と畑、見えるだろ」

トニーの指さす先を見ると、確かに青々と山を覆《おお》う絨毯《じゅうたん》のような木々の葉が、とぎれて開けている箇所が一点だけあった。その隙間《すきま》には、草葺《ぶ》き屋根の簡素な家々と畑、そして家畜の姿が小さく見える。典型的な山間の村の景色のようだ。

計算していた通り、目指すBALの本拠地へたどり着いたのは夕刻だった。くしくも日暮れ時。茜《あかね》さすその光景はどこか牧歌的ですらある。

しかし続くトニーの声はシビアだった。

「ぱっと見は普通だけど、畑はカモフラージュだ。もちろん野菜とか本当に作ってるし、穫《と》れたら食べるけど、一番の目的は、空から見られても不審に思われないようにするためだ。あの辺の——」

指が村の外れをさす。

「地下に武器や火薬なんかが保管されてる。上からは見えないようにな」

「村人は？」

「いない。あそこに住んでんのは兵士だけだ。それ以外は邪魔になるから」

「へぇ。訓練は？」

「森の中でやる。家だって、外見はしょぼいけど、中にはパソコンや通信機器がそろって
――……！」

突然、言葉が途中でとぎれ、トニーの上体が後方へ引っ張られた。ひそかに彼の背後を取り、襟首《えりくび》をつかんで引き寄せた人影は、すかさず足払いをかけて地面へ転がし、体勢を立て直す隙も与えず、その身体《からだ》にのしかかる。

「――レン！」

一体いつの間に近づいてきたのか。自分よりも体格の勝る相手に対し、少年は利き腕と腹部を膝《ひざ》で押さえつけて自由を奪い、喉元《のど》に肉厚のナイフを突きつけた。

「誰、だ……っ」

トニーのうめきに、少年は無表情に返す。

「おまえこそ誰だよ」

「レン、やめろ！　彼は味方だ。僕をここまで案内してくれた」

するとレンはこちらに冷たい目を向けてきた。

どこで手に入れたのか、見るからにサイズの大きな野戦服を身につけている。さらに自動小銃を肩にかけ、予備弾倉とコンバットナイフを腰のベルトに差し込んでいた。

「つまりＢＡＬのヤツかよ。あんたバカなのか？　もう少しで基地に連れ込まれるとこだぜ」

「ちがう。僕らは取り引きをしたんだ。トニーはこの山を下りるまで僕の案内をする。その代わりに僕は彼をチャイルド・イン・ピースに紹介するって――」

「簡単に信用してんじゃねぇ！」

レンが怒鳴《どな》った。その目は突き刺すほどの怒りに満ちていた。

「目的のためならどんな手でも使うヤツラだぞ。あんただって痛い目みたんだろ？　何考えてるか知れたもんじゃ――！」

激したレンの言葉に触発されたのか、トニーの左腕が動いた。にぎりしめた土を少年の顔面に投げつけるや、喉とナイフのわずかな隙間に腕を差しこみ、刃先をはねのける。さらに腹筋を使って上体を跳ね起こすと、顔を背けた相手の顎下《あごした》へ頭突きをくらわした。

「トニー！　――レン！　二人とも離れるんだ！」

取っ組み合う少年達が、わめきながら地面の上をごろごろと転がる様は、まるで野良犬同士のケンカだった。しかしそんなのんきな感慨《かんがい》も、明らかに近接戦闘用とわかるコンバットナイフを構え直したレンを目にして、吹き飛ぶ。

「レン！　やめろ！」

制止も虚《むな》しく、躊躇《ちゅうちょ》なくくり出された刃は、とっさに首をかばったトニーの右腕を深く傷つける。偲はレンを押しのけるようにして強引にその間へ割って入った。

またたく間に腕全体が血に染まったトニーを背中にかばい、少年と向き合う。

「彼は僕が個人的に雇った案内人だ。傷つけるのは許さない」

そう言い切った偲とトニーを、レンは強い眼差《まなざ》しでにらみつけた。

「オーケイ。こいつを使って基地に潜り込もうぜ。ただし、少しでも変な真似したらその場で始末を付ける。それでいいいな」

「レン――」

少年の意見に反論する間もなく、背後でトニーが声を張り上げる。

「ごめんだね。誰がおまえらなんかに協力するかよ！」

ふり返ると、彼はこちらをきつく睨《ね》め上げてきた。

目の前に差し出されていた未来が、あっという間に取り上げられた――そんな理不尽を噛《か》みしめる眼差しが胸に刺さる。

トニーは当てつけるように鼻を鳴らすと、背後の斜面を滑るようにして下り、ケガをしているとは思えない素早さで姿を消した。

レンが自動小銃を構えてその背中に狙いを付けようとする。偲はとっさにその銃身に手をかけた。

「やめてくれ。頼むから銃を下ろして」

「邪魔するな」

「じゃあ現実的な理由を言う。――銃声を聞かれたら基地の人間に気づかれる」

「なんであんたはそんなに落ちついていてられんだよ！　あいつらがアキを連れてったんだぞ！　悔しくないのかよ！」

「充分、我を忘れているよ」

その証拠に、本来なら絶対にするはずのない無謀《むぼう》な真似ばかりしている。自嘲《じちょう》をにじませつつ少年を見下ろした。

「君にも……予想が付いているんじゃないか？　彼女はもう生きていない。そのことを薄々《うすうす》察しているからＢＡＬを目の敵《かたき》にするんだろう？」

「――――」

レンは食い入るように見上げてきた。

結末を明らかにしたい気持ちと、まだわずかに残っている希望にすがる気持ち、そして現実を見据《みす》えた末に導き出される結論を半《なか》ば以上受け入れている気持ち……。感情の糸は複雑にもつれ、そのどれとも明確にすることなく、ただ瞬きもせずにさらされている。

初めて相対する、無力で無防備な眼差し。そこから光を奪うことを承知で、偲はもつれた糸を一刀両断にした。

「君の予想は正しい。トニーはアキが処刑されたと言っていた。彼女はもう生きていない。あの基地に行ったところで助けることはできない。――そう考えるべきだ」

レンは反応を見せない。こちらを見上げたまま、ひと言も発することなく立ちつくしている。

内心の衝撃を慮《おもんぱか》りながらも、偲は続けた。

「僕にメールを送ったのは君だね？　自力では彼女を見つけることができなくて、だから僕を脅迫《きょうはく》して呼び寄せ、外交官としての権限をもって見つけ出すことを期待していた。僕を助けたのもそのせいだ。アキを見つける前に死なれたくなかった。そうだろう？」

「――――」

「なぜ最初会ったときに話してくれなかったんだ？　こんな回りくどいことしなくたって――」

「手紙を送ったじゃないか！」

突然、レンの瞳が激情に燃え上がった。

「助けてくれって、アキはあんたに頼んだじゃないか！　とぼけても無駄だぞ。オレ、見たんだからな。アキがその手紙書いてるとこ、まちがいなく見たんだ！」

ふるえるほどの怒りに身をやつし、持てる限りの力を込めて、少年はこちらをにらみ据えてくる。

「なのにあんたはそれを無視した。今ごろになって……生きてるってわかってケツに火がついてようやく、口止めするためにあわててやってきた。そうだろ⁉　したら――死んだ可能性が高いってわかったとたん手ぇ引かれる。そう思って当然だろ……！」

「レン──」

誤解があるとはいえ、主張はもっともなものだった。彼をそこまで追い詰めたのは、まちがいなくこちら側の不手際だ。怒りは受け止めなければならない。

だがいかんせん今はまずい。偲は基地のほうへ視線を走らせた。

「とにかく一度ここから離れよう」

「ここまで来て逃げるのか⁉」

「いつ国軍が来るかわからない。ここにいては危険だ」

「でもあそこにアキがいる。すぐそこに！　捜してた──ずっと捜してたんだ……！」

「レン」

頑《かたく》なに言い張る少年の肩に手を置き、その目をのぞきこむ。

「言っただろう。彼女はもういない。……遺体を掘り返すために命を賭《か》ける気か？」

一瞬、頼りなく瞳を揺らし、レンはくちびるを噛みしめた。

「助けてもらっといて……よく言うぜ」

声をふるわせ、彼は肩に乗っていた手を強く払いのける。そしてこちらの襟首をつかんできた。

「おまえらアキに力を貸してもらったんだろ⁉　利用するだけしといて、終わったら用なしかよ！　恩人見殺しにしたくせに、迎えに行くことも許さねぇのかよ！　そりゃねぇよな！」

「レン……っ」

「アキを返せ――返せよ！　したら何だって言うこと聞くから――だから！」

激した少年は、突きとばすようにしてこちらの襟首を放す。

「返してくれよぉっ……!!」

身を切るような叫びだった。痛みにあふれた響きに、かける言葉を失ってしまう。

なすすべもなく棒立ちになっていると、つかの間の沈黙のあと、

「オレが――」

レンはしゃくり上げるような声を漏《も》らした。

「オレが死ぬはずだったんだ……！」

身体を折るようにして言い、顔を歪める。

その瞳から、いくつもの光がこぼれ落ちた。後悔と自責と苦悶《くもん》。胸を抉《えぐ》る思いばかりがとめどなくあふれ、頬《ほお》を伝い落ちる。

その激しさは、恩人を助けられなかったという説明では、明らかに足りなかった。

嗚咽《おえつ》を漏らす少年にゆっくりと近づき、偲はその頭に腕をまわして抱え込む。

「君は……彼女のことが好きなんだね」

そんな場合ではないと思いつつ、淡い温もりが胸に広がる。

こんな事態を招いた者達が許せないと感じても、立場や職務に縛られる身ではそうそう表に出すこともできず、また責任の所在がわかったところで非難も抗議もままならない。

少年の直情と行動力は、抑えつけてきた自分の憤《いきどお》りを代弁するようでもあり、どこかでそれを痛快と感じる気持ちがあった。

「……決してこのままにはしない。彼女を取り戻すために、あとで全力を尽くす。それだけは約束する。だからここは——」

話をしている、そのときだった。腕の中で大人しくしていた少年の身体が、突然緊張にこわばる。

レンは頭を持ち上げ、左右にすばやく視線を走らせた。

「レン……？」

問いには答えず、彼は偲から離れる。横目で周囲を窺いながら、音を立てずに武器を拾う動きは、猫のようにしなやかだ。顔を濡らしていた涙と鼻水を袖口《そでぐち》でぬぐったあと、彼はそれまでの激情が嘘《うそ》のように淡々《たんたん》とつぶやいた。

「来た」

ゲリラに見つかったということか。

自分でも周囲を見まわす。姿は見えないが、言われてみればなんとなく気配を感じる。

「逃げよう」

「無理だ。もう囲まれた」

レンの返答は厳しい。それにかぶせるように、ゲリラの大声が響き渡った。

「武器を捨てろ！　両手を上げて投降しろ！」

野太い声の上がった方を見据えながら、レンが囁《ささや》く。

「逃げろ」

「囲まれてるって言ってなかった？」

「穴空けてやるから六時の方向に走れ！　早く！」

指示を叫び、レンは手にしていた自動小銃を一点に定めて掃射した。

その手の指示に慣れていなかった偲が、とっさに動けずにいた一瞬の間に、レンは一人、敵の戦力を減らしていた。相手も即座に応戦し、最初の悲鳴が上がる前にいっせいに掃射を始めてくる。

「遅ぇよ！　早く行け！」

こちらを突きとばすようにして、一緒に後退しながらレンが悪態をつく。

素直に後ろに逃げろって言ってくれればよかったんだ――。反論はあったが、口にしている余裕はなかった。

すでにだいぶ日が傾いているため、あたりは薄暗い。木の根、枝、草、苔《こけ》、ツタ、岩、泥――あらゆるものに妨《さまた》げられ、足場と視界が悪い中を必死に走る。体力も運動神経も人並み以上のつもりだったが、山間移動に長《た》けた兵士達が相手では比べものにならなかった。その証拠に、明らかに歩幅で劣《おと》るはずのレンは偲の背中にぴったりとくっついて走り、追手と交戦しながらもまだ余力を感じさせる。

ピン！　という軽い音を耳にした直後、後方の高所で爆発が起き、人が二人落下する音と叫び声が上がった。つられるようにしてふり返れば、「ちくしょう、しつこいな」と後ろを気にする少年の手に、しっかりとにぎられている二つ目の手榴弾《しゅりゅうだん》。

「そんなものまで――」

思わず歩をゆるめて言いかけた偲を、レンはすかさず怒鳴りつける。

「誰が止まっていいって言った！　走れ！」

もはやどちらが年上だかわかったものではない――そんなことを頭の片隅《かたすみ》で考えた、そのとき。

前方の茂みの中で、突然人影が立ち上がった。その手には自動小銃が構えられている。

しかし慣性のついた身体を急に止めることはできなかった。

とっさのことにバランスをくずした偲の耳に、タタタ……と軽い掃射音が二重に響く。同時に、目の前の人影が血の帯を引き、躍《おど》るように身体を揺らして背後へ倒れていった。

それなのに。

「キリシマ！」

それなのになぜ、自分の胸に殴られたような衝撃を感じるのか。

「キリシマ……!!」

ひどく焦ったレンの声がする。

衝撃を受けた胸のあたりに、焼けつくような痛みが生じた。苦痛と熱が波紋を描くように広がっていく。それなのに延髄《えんずい》だけが氷のように冷えている。そこから発生して拡散し、またたく間に自分を包み込んだ闇《やみ》の向こう——はるかな高みに、あの街の空が、一瞬だけ開けたような気がした。

2

映画の中では陰鬱《いんうつ》な曇《くも》り空で描かれることが多いあの国でも、五月の空は晴れている。

あれは一年の本省勤務を終えたあと、英国での在外研修中のある週末のことだった。

際限なく与えられる課題の小論文《エッセイ》に追われて疲労困憊《こんぱい》していたその日、一人の同級生から呼び出しを受けた。資産家の娘であり、さらには十代の頃からモデルとして活躍していたエリザベスからだ。

当時、学内どころか英国で最も有名な学生の一人であった彼女の夢は、パパラッチに悩まされずに恋人とデートをすることで、そのための作戦を練ったので協力してほしいということだった。

惰眠《だみん》を求める身体をベッドから引きはがすようにして大学《カレッジ》へ向かったのは、女王様気質の彼女の機嫌を損ねるとあとが面倒だったのがひとつ、「作戦」とやらに対する興味がひとつ。しかし何といっても大きかったのは、インドの有力政治家の子息である留学生を紹介すると言われたことだ。

指定された食堂には、イベントの気配を察した物好きな学生が大勢集まっており、みんな同じTシャツを着ていた。

呼び出した当人は、自分と同じくハードスケジュールで小論文《エッセイ》に取り組んでいるはずなのだが、疲労のかけらもない晴れやかな笑顔でTシャツを渡してくる。

「リジーの週末デート支援タスクフォースへようこそ！　シノブ、あなたは大事な戦力よ」

作戦自体は単純なもので、ようは数に物を言わせた人海戦術だった。そろいのTシャツに似たようなデニムをはいた学生達で、同じ格好をした当人達を囲み、待ちかまえるパパラッチの前を強行突破して逃がしてしまおうというわけだ。

自分に声がかかったのは、彼女のボーイフレンドと体型が似ていて、いい囮になりそうだから。ちなみに肝心《かんじん》のインドの留学生には、眠いからといって参加を断られたとのことだった。

僕も二夜連続の徹夜明けなんだけど帰ってもいい？　という言葉が喉元まで出かかった——そのとき、エリザベスが、ある方向を手で示した。

「紹介するわ。タスクフォースのリーダーで、この作戦の発案者よ」

つまり元凶か。つられて動いた目線の先に、周りと談笑するスレンダーな東洋系の女性がいた。そしてその不思議な存在感に、そのまま視線が釘《くぎ》付けになる。

鮮やかさと静けさがすんなりと融和《ゆうわ》した立ち姿。はっきりとした顔立ちは一見ユニセックスだったが、よく見ると女性らしいやわらかさがあり、見ているうちにその美しさに気づいた。

何のことはない。ようするに一目惚《ひとめぼ》れだったのだ。

だから男女でペアを組み、みんなでいっせいに外へ飛び出すことになったときに、彼女の手を取ったのは当然のなりゆきだった。

きょとんとこちらに向けられた顔がやがて笑い、ごく自然ににぎりかえされたとき、その他愛ない空騒ぎに心を浮かれさせている自分がいた。

※　　※

「────ッ……」

上半身を貫いた痛みに、無理やり意識を覚醒《かくせい》させられた。

細い肩の支えを受けて地面に下ろされ、寝かされる。その際のわずかな振動によって、再び鋭く胸に走った痛みにうめくと、頭上で遠慮がちな声が響いた。

「……大丈夫か?」

若干のとまどいを残したレンの問いに、朦朧《もうろう》としていた頭の中の靄《もや》が急速に晴れていき、はっきりと目を覚ます。

洞窟《どうくつ》というには小さく、木の洞《ほら》というには巨大な空間。木と土壌で形づくる自然のくぼみの中のようだった。周囲には背の高い木々が鬱蒼《うっそう》としげり、それに蔦《つた》やらシダやらが交ざりあって、うまい具合にくぼみを死角にしている。

外は完全に日が暮れたようだ。木々の梢《こずえ》の向こうには星が輝いていた。そして洞の中は、携帯用のLEDライトによって照らされている。

偲は地面に横にされており、すぐ傍《かたわ》らに、惨憺《さんたん》たる出で立ちの少年がいた。煤《すす》と泥と血に汚れ、顔も手も真っ黒になっている。サイズの大きな戦闘服はところどころ不自然に裂け、赤黒く染まっていた。左の上腕に大きな染みがあり、その上にバンダナのような布がおざなりに巻き付けてあるのは、何かの手当のつもりだろうか。止血にしてもひどすぎる。

「状況は？」

声を出したとたん、再び差し込むような痛みを感じた。胸――いや、肩だろうか。痛む範囲が広くてどことも限定できない。しかし呼吸を整え、しばらく感覚を凝《こ》らすうち、どうやら傷は左鎖骨の下、肩に近い部分だとわかった。

周囲を警戒するように、レンが声をひそめて応じる。

「何とかまいた。……でもまだ近くにいると思う。まずあんたの手当をしようと思って、あんまり移動してないから」

ランタンのように全方位を照らすLEDの明かりを頼りに、少年は偲の背負っていた背嚢《はいのう》の中から、救急キットの消毒液、包帯、薬などを手早く取り出していく。細い肩にはぴりぴりとした緊張がただよっていた。まだ危険から脱しきれていないせいだろう。

「……怪我《けが》、大丈夫かい？」

血染めの布が巻かれた左腕を見て訊《たず》ねると、彼は不機嫌そうに応じた。

「オレのはかすっただけ。あんたのほうが重傷だ」

「重傷？」

その問いには答えず、持っていたナイフでこちらの襟ぐりを裂く。さらされた傷口を見て、彼は顔をしかめた。

「そんなにひどい？」

「貫通してない。たぶん跳弾《ちょうだん》だったんだ」

「あぁ……」

「でも弾自体は浅いとこにある。これならすぐ取り出せる。よかったな」

レンは簡単に言った。しかしそれはつまり感染を引き起こす恐れが高いということだ。ケガをした当人としてはあまり積極的によかったとは思えない。

そうしている間にも、彼は慣れた手つきで傷口を消毒した。さらには新たに取り出した万能ナイフを、残った消毒液で洗うのを目にして、偲はおそるおそる声をかけた。

「……君が取り出すの？」

「そのままにしておきたいのか？」

「………」

「奴らに見つかるから、声出すなよ」

（ずいぶん簡単に言う――）

返事ができずにいると、レンはご丁寧に背嚢の中にあったタオルを、こちらの口にねじ込んできた。そして抗議する間もなく、細くて小さな万能ナイフの刃を傷口に当てて弾の摘出にかかる。全身から嫌な汗が噴き出した。

筆舌《ひつぜつ》に尽くしがたい痛みと、表皮とはいえ刃物で血肉をつつかれることへの生理的な嫌悪感に、再び気が遠くなる。しかしほとんど間をおかずに目を覚ましてからは、処置の終わった傷に化膿《かのう》止めの軟膏《なんこう》が塗られ、滅菌ガーゼの上から伸縮包帯できつく固定されていくのをおとなしく見守った。

無論タオルは自分で口から取り出した。

「ありがとう。慣れてるんだね」

渡された錠剤《じょうざい》を飲み、手荒ではあったものの迅速《じんそく》で適確な処置に礼を言うと、レンは使った物を片づけ、ゴミを埋めて隠しながら、もそもそとつぶやいた。

「武器も持たずにこんなところまで来た根性は認める。あんたは絶対マプアから出てこないと思ってた。……外交官の仕事ってけっこう大変なんだな」

「――――」

どうやら彼は偲の行動を職務上のものだと考えているらしい。大きな思い違いに思わず笑った。

「逆だよ。仕事はむしろクビになるかもしれない」

いくら調査室の職員の行動が己《おのれ》の裁量に任されているといっても、限度があるはずだ。

今までにもたびたびその限界に挑戦してきたが、今回ばかりは本当にアウトかもしれない。

偲の背嚢に医薬品の残りをしまっていた少年が、怪訝《けげん》そうに言う。

「じゃああんた……メールの送り主がオレってこととか、アキは……もう助けらんないかもってわかってたくせに、何でこんなとこに来たんだよ」

その直後、彼はふと手を止めた。背嚢の中から携行食のパックを取り出し、物問いたげにこちらを見る。

偲は「どうぞ」と小さく笑った。

「僕がこの国にやってきたのは、仕事というよりもアキのためだ。きっかけは君のメールだったかもしれないけど、途中からは彼女に呼ばれているような気がしていた。その声に従ってラパス議員に会い、モレーニ女史に会い、フレッドに会い——君に会えた。それで謎《なぞ》は解けた気がする」

「………？」

レンが携行食をほおばりながら、ひとつまばたきをする。

彼に目をかけていたアキの気持ちがわかるような気がした。まっすぐで、激しく、気までありながら義理堅い。そしておそらく、一度心を許せばとても素直な——

「君だ。僕を君に会わせて、そして託したかった。……きっとそうなんだと思う」

口を動かしながら、レンは黙って聞いていた。その後、茂みの外を——そのさらに遠くを眺《なが》め、何かを考え込む。

長い沈黙の末、偲は再び切り出した。

「山を下りよう、レン。手遅れにならないうちに。……事態が落ちつくまで待って、それからもう一度彼女を迎えに来よう」

「…………」

今度は、先ほどのような反論もなかった。食べ終えた携行食の袋を埋め、その場所を靴《くつ》先でならしながら、少年はぽつりと言う。

「……暗い中の移動になるけど、平気か?」

「――――」

よかった。偲は胸をなで下ろした。

「連絡をすれば、遭難救助の名目で米軍のヘリが迎えに来てくれることになってる」

「この状態じゃ無理だ。ヘリが視界に入ってから到着するまでに五分はかかる。その間に敵に見つかる。もっと基地から離れないと……」

レンの言葉尻《じり》に、どこからか聞こえてきたヘリのローター音が重なった。彼は姿勢を低くし、茂みの隙間から夜空を見上げる。

偲も痛みをこらえて身を起こし、上空をふり仰《あお》いだ。

はるか頭上を飛ぶヘリコプターは、わずかな外部照明に浮かび上がるシルエットから察するに、ここに来るまでに乗ったものとはまったく形が異なっている。ヘリコプターの機種についてはくわしくないが、コンパクトで攻撃的なフォルムだということはわかった。

おまけにコックピットの下方、両サイドに機関砲のようなものまで見える。

「戦闘ヘリ？」

「国軍のガンシップだ……」

レンがつぶやく。ローター音は、過ぎたと思うとまた現れた。

一機を見送るうちにまた一機。背筋が寒くなるほど何機も何機も、まるでボウフラのように向かいの山陰《やまかげ》からヘリコプターが次々現れる。

レンはすばやくＬＥＤの明かりを消した。偲の背嚢を背負い、自動小銃を肩にかけて茂みの外の様子を窺《うかが》う。

「ここにいたら巻き込まれる。すぐに出よう」

ふり向きもせず言われた声にうなずくと、肩の傷が強く痛んだ。

3

ゲリラの基地のある方角で立て続けに爆発音が上がった。夜空がうっすらと赤く色づいて明るくなる。

ヘリのローター音と発射されたミサイルの着弾音、あるいは機関砲の掃射音は、離れたところにいるこちらにまで届いてくる。その合間に、基地側からの反撃とおぼしき散発的な自動小銃の銃声や、対空砲の砲撃音が交ざった。

発熱と傷の痛みに堪えて足を動かしながら、ズン……と低く地を這《は》うような爆撃音が、思っていたよりも近くで響いたことにぞっとする。長いこと歩いたつもりでいたが、自分達の置かれた状況は、まだまだ安全にはほど遠いようだ。

レンも同じように感じているのだろう。せわしなく周囲へ向けられる視線からは、傷のせいで足運びの鈍《にぶ》い偲を連れていることへの焦りを強く感じた。当然文句のひとつやふたつ出てくるものと覚悟していたが、意外にも少年は口をつぐんだきり、ひたすら前に進もうとするだけである。

大人と比べるとまだ頼りない肩には、自分の荷物と自動小銃の他、偲の背嚢まで背負われていた。

敵ではないと、ようやく認めてもらえたようだ。

この短い間に、彼の態度はずいぶん軟化した。負傷した偲を、なんとかこの場から離脱させようと考えてくれているようだ。そのひたむきさは、こちらが気おくれしてしまうほどである。

（このまま何事もなく山を下りられるといいけど……）

国軍側の報告書によると、一年前の掃討《そうとう》戦では、上空から戦闘へリコプターで攻撃した上、麓《ふもと》から歩兵部隊が攻め上がっていったという。

レンもそれを思い出しているのか、移動しながらも周囲への警戒をおこたらない。なるべく足を引っ張らないよう注意して歩いていると、ふいに彼が動きを止め、様子を窺うように周りを見まわした。

傷の痛みと熱に散漫になる注意力をかき集め、偲も同じように視線をめぐらせる。

気がつけば、あたりには焦げ臭いにおいがただよっていた。爆撃によって発生した火が山中に燃え広がっているようだ。

「レン……」

煙に巻かれる前に逃げなければ命に関わる。そう告げようとした言葉の先を、少年は鋭く封じた。

「来るぞ」

「え?」

上方で続く激しい戦闘の気配に耳をすませる。あたりにただよう黒い煙と、広がる炎に飲みこまれまいとする鳥や小動物の甲高い声が不安を誘う。

レンは、周囲のほんのわずかな異変を探し出そうとするかのように、神経を研《と》ぎ澄《す》ませていた。やがて彼は身振りで偲をうながし、シダの茂みの後ろへと身を隠す。

腰を低くして息をひそめていると、突然、一〇名ほどの一団が固まって斜面を駆け下りてきた。

全員小銃で武装し、濃緑色の野戦服を身につけている。彼らはこちらが身をひそめているシダの茂みの前を、獣《けもの》のような素早さで次々に駆け抜けていった。

一団を見送り、胸をなで下ろしたのもつかの間、最後尾の一名が突然立ち止まり、素早くふり返る。

彼はかまえていた小銃――M16の銃口と視線とを左右に振り、荒立てた声で誰何《すいか》した。

「誰かいるな。出てこい！」

その声を耳にして、前を行く仲間達もそれぞれ足を止めてふり返る。視線と武器をさまよわせる兵士へ、一人が声をかけた。

「おい、行こうぜ」

「バカ言え！　挟み撃ちにされたらどうする」

葉陰に隠れていたせいで彼らの顔はよく見えない。しかしどの声も非常に若いように感じた。

とはいえ今は、彼らの年齢よりも、少し前――誰何の声が響いている間に、音もなく傍から離れていったレンの行方《ゆくえ》のほうが気になる。一体何をするつもりなのだろう？

しんがりの兵士が、適当な方向に向けて自動小銃の引き金を引く。断続的に響く鋭い音に、反射的に身をすくめた。

レンはと言えば、その死角となる位置から、ほとんどよつんばいの低い姿勢で兵士に近づいていく。そして充分距離を詰めたところで、低い位置に向けて自分の小銃を掃射した。相手が膝からくずれ落ちるようにして倒れるのには見向きもせず、さらに前方に固まっていた残りの兵士達に向けて撃つ。

もちろん相手も黙ってはいない。数を頼みにいっせいに反撃に出てきた。

それを転がって避けながら、レンが手榴弾を投げる。いつピンが抜かれていたのか、手榴弾は敵に向けてまっすぐ飛びつつ空中で爆発した。その風圧に吹き飛ばされた二名が、木や岩に叩きつけられる。

そのときには、相手の反撃も容赦のないものとなっていた。木々と茂みの暗がりへ逃げ込み、そのまま走り去るレンを、残りの兵士達が追いかけていく。

すべては、あっという間の出来事だった。呆然《ぼうぜん》と見守る偲の脳裏《のうり》をレイチェルの声がよぎる。

『私達を逃がすために、あの子が追っ手を引き受けてくれたのよ』

基地からの脱出の際にレンとはぐれた経緯を、彼女はそう語っていた。

「まさか……っ」

つぶやいて、偲は手近な木の幹を支えに立ち上がった。

見れば、レンの攻撃で負傷した兵士が四名、地面に倒れてうめいている。それでも偲が葉擦れの音をたてたとたん、足を撃たれた兵士が即座に銃口を向けてきた。

「動くな！」

強い口調で指示されて足を止める。

上方で拡大を続ける山火事のおかげで、先ほどよりも視界がきく。ぼんやりとした明るさの中、野戦服姿の脚部を血に染めながら、腕の力だけで身体を起こしてM16を構えているのは、一五歳前後――レンと同じ年頃の少年だった。

その異様な光景に言葉を失う。

トニーの言葉が正しければ、洗脳もどきの教育の末、自分から兵士になることを志願した子供だろう。しかし苦痛に堪えながら武器をにぎる顔には、死に対する恐怖が色濃くにじんでいた。

それでも武器を下ろすことなく、こちらをにらみつけてくる。

偲は凍りついたまま、こちらに向けられた銃口を見つめる。その均衡《きんこう》を破ったのは、思いもよらない人物だった。

「キリシマ！」

少年の兵士は、突然の呼びかけに驚いて小銃を左右に向ける。その背後の茂みから現れたトニーは、少年の後頭部を蹴《け》りつけて昏倒《こんとう》させた。

「こんなところで何やってんだ！」

「トニー、君こそどうして……？」

「国軍の部隊が下から続々登ってきやがってよ。逃げまわってたら銃声が聞こえたから……」

「無事だったんだね。よかった」

「これが無事に見えるか⁉」

彼は苦い顔でレンにナイフで切りつけられた腕を掲げてみせる。しかし、野戦服の裂け目から包帯がのぞく偲の左肩に目をやり、表情を改めた。

「とにかく早く退路を見つけて逃げないと、本当にやばいぜ。あんたに会えてよかったよ。もし国軍の奴らに見つかっても、外国人が一緒ならすぐには撃ってこないだろうし——」

トニーの言葉が途切れた瞬間、近くで自動小銃の銃声が上がった。偲がとっさにそちらに向かおうとすると、トニーが追いかけてくる。

「キリシマ！　どこに行く気だ⁉」

「向こうにレンがいる。僕を逃がすために一人で戦ってる」

「なんだって……⁉」

「トニー、僕は今ここを離れることはできない」

「冗談だろ⁉　こんなとこでグズグズしてられるかよ」

「それなら君は一人で逃げた方がいいと思う」

そのとき、足元でか細いうめき声があがった。レンに撃たれて地面に転がったままの少年達は、まだ生きている。……しかしレンもまた、危険の中にある。

逡巡《しゅんじゅん》の末、偲は横たわる兵士達に背を向けて歩き出した。一歩一歩の振動が傷に響くが、そんなことを言ってもいられない。

山火事の煙に咳《せ》き込みながら、散発的な銃声を追うようにして、ふと見上げた視線の先で——そのとき、木の上から人影が落ちた。

ドサッ、と重い荷物を地面に叩きつけたような鈍い音が響き、どこからともなく歓声が上がる。

「しとめた！」

百メートルほど先の地点だ。地面にうずくまる人影を四方から集まってきた兵士達が取り囲み、小銃を突きつける。

「レン！」

叫びながら、間に合わないと感じた。どんなに足を速めても、兵士達と自分との間にはまだ数十メートルの距離がある。それでも引き金が引かれる瞬間を一秒でも遅らせようと、偲は声を張り上げた。

「やめろ！」

そのとき、上空で大きな爆発音が上がり、花火でも打ち上げたように空が明るくなる。

その場にいた人間が皆、反射的に空を見上げる中——対空砲に撃墜《げきつい》されたのか、キャノピーから炎を噴き上げるヘリが一機、コントロールを失い、激しく横に回転しながら高度を下げてきた。

そしてそれは、見る間にこの場に近づいてくる。地上にいる兵士達が、何事かを叫びながらあわてて逃げ出す。偲もまた倒れたままのレンに向かって走った。

しかし両脇を持ち上げて移動させようとしたとたん、左肩に刺すような痛みが走り、思わず取り落としてしまう。鋭い苦痛に息を詰めたところに、人が駆け込んできた。

それが誰かを確認する余裕もなく、共にレンの身体を引きずり、目についた岩陰に飛び込む。

それとほぼ時を同じくして、ヘリは近場に墜落し、地面が地震のような衝撃に揺れた。レストランで遭遇した爆弾テロに勝るとも劣らない轟音《ごうおん》が、不可視の圧力となって世界をかきまわす。

「————！」

強く耳を押さえながら、ひたすらその音に堪えた。

やがてあたりが静寂《せいじゃく》を取り戻してからも、しばらくそのままの姿勢で様子を窺う。そろりと岩陰から顔を出し、さらなる爆発の危険はなさそうだと判断をした末、ようやく息をついた。

墜落したヘリコプターの胴体は、着陸脚ごと地面にめりこみ、ローターとテールが無惨に折れている。その周囲は上から流れてくる山火事の煙と、衝撃による土煙がたちこめていた。

ぐったりと脱力した偲は、傍らのトニーへ声をかける。

「逃げたんじゃなかったの？」

同じく呆然としていたトニーが、ぼそぼそと応じた。

「あんたといた方が安全なんじゃないかと思ってついてきたけど……今、それがまちがいだったかもしれないって後悔してるとこ」

その答えに笑っていると、横たわっていたレンがもぞもぞと動き出す。

「いってぇ……」

頭をさすりながら起きあがった彼は、偲を目にするや眉《まゆ》を寄せた。

「あんた何でこんなとこにいんだよ？」

偲はため息をつく。

「色々あってね。ケガは？　木の上で撃たれたんじゃないの？」

「や、弾よけようとしてバランス崩しただけ」

「――――……」

この子は何かに守られている。そう感じて仕方がなかった。早くに亡くしたという両親か、それとも。

（アキ……）

そのとき、何かを感じたように跳ね起きようとしたレンを、偲はケガをしていない方の手で押しとどめた。複数の人の気配が近づいてくる。

探るまでもなく、それは先ほどまでレンを囲んでいた兵士達だった。避難のために散った彼らが、再び集まってきたのだ。そのうちの一人がトニーに対し非難を込めて口を開いた。

「おまえ……何やってるんだ!?　裏切ったのか!?」

トニーは悪びれもせずに言い返す。

「こいつらは国軍でも米軍でもないぜ。ただ基地に用があるっていうから案内しただけだ」

「国軍でも米軍でもないなら……何者だ？」

戦闘服に身を包んだ兵士達は、やはり総じて若かった。にもかかわらず慣れた様子で銃口を向けてくる相手に、偲は空《から》の両手を示してみせる。

「少なくとも君達の敵じゃない」

「外国人がこんなところで何してる」

「人を迎えに来た。でも……」

山の上にある基地のほうをちらりと見上げる。

「取り込み中みたいだから出直そうと思っていたところ」

「それが本当なら、そいつは何で俺達を攻撃した？」

銃口がレンを指す。黙ってにらみ返す少年の代わりに偲が答えた。

「先に君達が撃ってきたからだ」

なるべく害のない調子で応じたつもりだった。しかし相手は怪しむように鼻にしわを寄せる。

「人を迎えに来たって言ったな。誰のことだ」

「女性だよ。君達のような子供を助ける仕事をしていた」

「俺達？」

「そう。大人になる前に兵士にされた子供を、外の世界に連れ出す仕事をしていた」

説明に、少年達はわけがわからないといった顔を見せた。

「なんでそんなこと……」

「子供の命や未来が、大人の身勝手によって奪われていくのを、見過ごすことができなかったんだろう」

「俺達はそんなこと頼んでない」

「それでも、一八歳に達していない子供を兵士として使うのは国際法に違反している。訓練を強制することだって許されていない。つまりここにいる大人達は君達に対して、人としてやってはいけないことをしているんだ」

　話を聞く年若い兵士達の間にとまどいが広がっていく。

　それを叱咤《しった》するように、年嵩《としかさ》の青年が声を張り上げた。

「耳を貸すな！　外国人の言うことを信じるなって教わったろ？　こいつらは売国奴《ばいこくど》の政治家どもとこの国を食い物にして、自分達だけ汚い金をもうけてる、信用できない奴らだぞ！」

　すると、我に返ったように周りの兵士達が次々と同調した。

「そうだ。俺達が立ち上がらなきゃ、あいつらはもっと好き勝手する」

「俺達は力に訴えて正義と人民の利益を奪い返す。おまえ達は攻撃されて当然なんだ」

　兵士達は強硬に訴えてくる。しかし発言はどれも、セリフを読み上げるように聞こえた。

　偲は両手を上げたまま応じる。

「それは君達の言葉か？」

　兵士達が怪訝そうな顔をした。

「君達が自分の目で見て、調べて考えたことなのかな？　日本は医療や教育、貧困削減の分野でこの国をずいぶん支援しているけれど、ここの大人達はそれについてもちゃんと説明した？」

「――――」

若い兵士達は視線を交わし合う。

「確かに君達の言うような、利権まみれで問題の多い事業もある。でもその他にも農村の開発や、貧しい人達への医療の普及、学校の建設や教員の養成、災害が起きた土地への援助……数えきれないくらいの活動を通して、ビサワンの困っている人達のために多くの資金と労力を提供して、結果を出してきた。……ではＢＡＬの大人達は？　この国を少しでも良くするために、彼らは何をしてきた？」

説明にはなるべく平易《へいい》な言葉を心がけた。それが功を奏したのか、兵士達はこちらの言い分を理解したようだ。落ち着きなく目を見交わして反論を探している。

年嵩の青年が、迷いを払うように叫んだ。

「みんな、だまされるな！」

そして銃口をこちらに向けてくる。

「いきなり出てきて何なんだよ！　勝手なこと言うな！」

「僕の言葉を受け入れるか、受け入れないかは君達の自由だ。だけど耳は貸してくれ。嘘じゃない。僕が言ってるのは本当の話だ」

「汚ねぇな。おまえらのやることはいつも自分勝手だ。テメェの都合で攻撃してきたり、武器を捨てさせたり、食い物をよこす代わりに考え方を押し付けて、感謝されて当然って顔してやがる。おまえらの言うことが正しいんじゃない。おまえらに力があって金を持っているから、そうじゃない奴らを従わせることができるだけだ！　──これは俺が考えた言葉だぞ」

「──────」

小気味のいい反論に、思わず同意してしまいそうになった。

確かに世の中は終始、上にいる国や人間にとって都合よくできている。

「だけど実際問題、君達の組織はいま大変なことになっていて──」

言いかけたとたん、ひときわ大きな爆発音が上方で響いた。兵士達が肩を震わせる。

「……そして君達は逃亡中の命の保証や、逃げたあとの生活の見通しが何もない。もしこのまま僕と一緒に来るというのなら、君達にその保証を与えることができる」

周囲の面々を一人ずつ見まわしながら、気が付けば、見守ってくれているはずの存在へ胸中で呼びかけていた。

（どうか力を貸して……）

機に乗じている自覚はあった。しかしこれは、彼らにとっても戦うばかりの生活に終止符を打つチャンスのはずだ。たとえそれがこちら側の価値観の押しつけに過ぎなくても、死なせるよりはマシ。──そう信じるしかない。

戸惑うように目を見交わす兵士達に向けて、そのとき、横にいたレンが言い添えた。

「そいつの言っていることは本当だ。子供の頃から兵隊になる訓練ばっかさせられて、他に何も知らない人間に、普通の勉強や暮らし方を教えるグループがある。オレもそこに世話になってる」

さらにトニーが続けた。

「……ってわけだ。俺はこいつらと行く。ここで死にたくない奴は、武器を捨ててついてこい」

その場に沈黙が下りた。

静けさを埋めるのは、燃え広がる炎が木々を飲み尽くしていく音と、上空で旋回《せんかい》する戦闘ヘリの羽音、そして遠くで上がる散発的な銃声だけ。つまりは彼らの世界が崩壊しつつある音だった。

ふいに、熱風に乗ってかすかにガソリンのにおいがただよってくる。ひやりとした。まだヘリの残骸の中に残っているのかもしれない。

（早く逃げないと……）

焦《じ》れる気持ちで考えた、そのとき。一人の兵士が口を開いた。

「俺……本当に他の仕事に就けるのか？」
一三、四歳か。まだ少年の域を脱していないその兵士が、ぼそぼそと問う。それを年嵩の一人が叱《しか》りつけた。

「耳を貸すなって言ったろ⁉　まだ負けてない！　俺達はまだ戦える！」

　しかし口火を切った兵士は、上空の攻撃ヘリをふり仰いだ。

「俺がここで死んだら……母さん《ナナィ》はそれを知らないまま、ずっと俺の帰りを待ち続ける。でも金を貯めて家に戻れば、母さん《ナナィ》はきっと喜んでくれる。俺――」

ためらう様子ながら、彼は構えていた武器を下ろした。

「俺……もう一度母さん《ナナィ》に会いたい……」

　ぽつりとこぼれたつぶやきに、他の兵士達の緊張までもゆるむのがわかった。

「おい！　よせ！」

　年嵩の青年の制止をよそに、兵士達は最初の少年に同調するように一人、また一人と、銃口を下げていく。

　よかった、と思った――その瞬間。

　ゴゥ……、と音を立てて、墜落したヘリを包んでいた炎が大きく膨れあがった。残っていたガソリンに引火したのだ。

「逃げろ！」

　切迫した声が重なって響き、その場にいた全員が一斉に走り出す。しかし背後で上がった激しい爆発音と同時に、空気に押されるように背中が熱くなった。

（熱い……）

　背中だけでなく、頭が沸騰《ふっとう》するように熱いことに、突然気がつく。それと同時に目がかすんだ。地面がたわむような感覚と共に、足から力が抜けた。

「おい……！」

レンの声が遠く聞こえる。

（ダメだ。まだここで倒れるわけにはいかない――）

そこまで考えたのを最後に、偲の意識は闇の中に塗り込まれていった。

8章

『父さんと母さんは、今のオレを見たら泣くかな？　それともまだ生きてるって喜んでくれるかな？　――いくら考えても、わからないんだ……』

ある日突然基地に現れ、話しかけてきた日本人の女と打ち解けるのに、長い時間はかからなかった。彼女は――アキは、少し話をしただけで自分の境遇をおどろくほど深く理解した。

彼女はどんな話にも熱心に耳を傾けた。ほんの少しでも眉《まゆ》をひそめられたりしたら、きっと先へは進めなくなっていただろう。何を話しても否定されることがなかったから――だから思いつくままにすべてを話すことができた。

脱走しようとした少年を撃たされたこと。襲撃やテロをこなしていくうち、人を殺すことへのためらいがなくなっていったこと。それでも作戦行動中、森の中で一人で待ち伏せをしているときなど、自分が手にかけた人に取り囲まれる幻影に苦しんだこと。そのうちそれにも慣れていったこと……。

聞くもおぞましい話だろうに、アキは「わかる」とうなずいた。それは口先だけでなく、彼女の抱える過去が共鳴しての言葉だと感じた。彼女は自分を理解していると信じることができた。受け入れられていた。

『他の誰が許さなくても、私が許す。心から感謝する。どんな犠牲《ぎせい》を払おうと、おまえが今日まで生き延びてきたことを』

そんな言葉と共に、やわらかくあたたかい腕に抱きしめられた。

『レン。生きていてよかった。——本当によかった』

どこの誰ともしれない女が、世界でただ一人の味方のように感じられた。自分を殺してただ耐えるだけだった暗い世界に、光が差した。

だから計画を持ちかけられたときもためらわなかった。『奴らに復讐《ふくしゅう》したくないか？』の言葉にすんなりとうなずいた。

『誰を殺《や》ればいい？　言ってくれよ、アキ。何人でも殺ってやる』

性急に返すと、彼女は『そうじゃない』と笑って首をふった。

『ＢＡＬは現在、人質を取って金を稼ごうとしている。もし国軍から攻撃を受けたら、人質を盾にして時間を稼ぐつもりだろう。つまりその人質がいなくなってしまえば、連中には金のなる木も、身を守る盾もなくなるわけだ。それってかなりの痛手じゃないか？』

笑みを含んでこちらを見据《みす》えるアキの目は、不穏当《ふおんとう》に輝いている。

銃など持っていなくても、人助けに身を捧げていても、彼女の本質は兵士なのだ。そう感じさせる眼差《まなざ》しだった。ひやりとして、同時に血が騒ぐ。復讐のために、一体自分は何をすればいいのだろう？

その思いを読み取ったようなタイミングで、彼女はにやりと笑った。

それはそれは楽しそうに。

『レン。——人質を逃がそう』

1

パラララ……。

遠くで無機的な音が響いている。

目が覚めたとき、偲《しのぶ》は大きな茣蓙《ござ》のようなものの上に寝かされていた。床の上に直接敷かれているらしく、硬い感触である。すでに日が昇っているようで、あたりは明るい。木の枝を渡した梁《はり》と、その上の草葺《ぶ》きの天井を目にして、しばらく記憶をたどったが、何も思い出せなかった。

ゆっくりと身を起こすと、左肩に強い痛みが走る。

「——っつう……」

横になっているときはほとんど感じなかったが、傷はまだまだ回復には遠いようだ。熱を出したせいか、身体《からだ》中がだるい。とはいえ今はケガの痛みよりも、だるさよりも、一日中山を歩いた上に熱を出した末の、べたついた汗の感触のほうが耐えがたかった。

ひとつ息をついたとき、ようやく先ほどから耳にしていた音が、ヘリコプターのローター音だと気がついた。だんだんと近づいてきているようだ。

視線をめぐらせれば、縦にした木の枝を並べてつなぎ合わせただけの壁と、扉のない出入り口がある。その向こうには簡素な木造の高床住居が点々と建ち、日なたを子供達が走りまわっていた。ブモー……という、やる気のないホルンのような音は、ビサワンの農村部に多いと言われる水牛の鳴き声だろうか。

室内を見まわして、偲は自分もその高床住居の中にいることを知った。

ここはどこだろう。ぼんやりと考えているうち、ヘリコプターの音がさらに大きくなる。どうやらすぐ近くに着陸したらしい。

その風を受けて小屋全体がきしんだ。つなぎ合わせた木々がばらけて飛んでいってしまいそうだ。屋根に置かれている茅がめくれあがり、激しく揺れている。

出入り口に立って外を見てみれば、空き地に着陸するヘリと、スライディングドアを開けてそこから降りてきた上村《うえむら》とブレーマンの姿が目に入った。

（何であの二人が一緒にいるんだ？）

いぶかしく思ったが、上司に言われて偲の動きを追った上村が、米国大使館に行き着いたとしても何もおかしくない。ここ数日の事態の変遷《へんせん》に巻き込まれた偲とぬかりなく関わりを持ち、山中への急な移動すら手配できるような組織など限られている。

（ところでここはどこなんだ？）

　ぽつりぽつりと高床の小屋が建つ小さな集落のようだ。周囲は見わたす限り青々とした田畑に囲まれている。田畑にいる村人達も、その周りで遊んでいたらしい子供達も、今は目を丸くして突然現れたヘリコプターに見入っていた。

　ふいに足元から声がかかる。

「何だ。起きてたのか」

一瞬、ここにいるはずのない相手に呼ばれたような気がして、既視《きし》感を覚えた。

ああそうだ、この子はアキに似ている。唐突にそんなふうに感じた。

「レン。ケガは大丈夫かい？」

「怪我《けが》人はあんただろ、何言ってんだよ」

木の板を渡しただけの階段を身軽にのぼってきた少年が、憎まれ口をたたく。

「だいたい大げさなんだ。致命傷でもあるまいし、ちょっと弾がめり込んだくらいでぶっ倒れやがって」

　それでもここにヘリが来たのは、レンが手配してくれたおかげだろう。

　横に立つと、彼は山の中腹を指さした。

「ここは麓《ふもと》の村だ。ほら、見てみろよ山の上……あのへん。焦げて黒っぽくなってんだろ？　あそこが基地だったところ。さっきまで煙が上がってたんだぜ」

「さっき？」

「あんた、半日眠ってたんだ」

そこへ、大きな荷物を抱えた上村が、木の階段をきしませて危なっかしく上がってきた。

「桐島《きりしま》さん！」

「上村君。早いな」

「何のんきなこと言ってるんですか!!」

その後ろからブレーマンが苦笑しながらついてきた。

「彼から突然電話がかかってきてね。気がついたら迎えのヘリに乗せることになっていた。おまけにヘリポートに現れたときの姿ときたら、まるで季節外れのサンタクロースだ」

上村は揶揄《やゆ》された大荷物を高床に置き、早速開き始める。

「今朝桐島さんの携帯に電話したら、あのレンっていう子が出て、こんなことになってるって聞かされたんです。びっくりしたなんてもんじゃないですよ！　何かほしい物ありますか？　いちおう薬と食料は多めに持ってきましたけど……」

「抗生物質と痛み止めだけもらおうかな。あと包帯も。食料は配っちゃっていいよ。ほら、もう子供達があさり始めてる」

二人にくっついて、大勢の村人達がその場に集まってきた。物見高い人々は、高床の上に置かれた荷物に強い関心を示している。

子供達が無邪気に荷物の中へ手をのばそうとするのを、上村があわてて制した。にぎやかな騒ぎを横目に、偲はブレーマンに向き直る。

「すみません。無理を言って迷惑をかけたようですね」

彼は肩をすくめた。

「このご時世だ。本来なら部外者を気軽に同乗させたりしないんだが……彼は手紙を持っていた」

「手紙？」

「アキは、姿を消す前あんたに手紙を残していたらしい。それがなぜか今になって日本大使館で発見されたんだそうだ」

そこでブレーマンは意味ありげに言葉を切る。探る眼差しへ、偲はそ知らぬ顔で返した。

「そうか。見つかってよかった」

事情も感情も、きれいに隠してやり過ごした。それでも誘拐《ゆうかい》事件についての証言やその後の断片的な情報をつなぎ合わせ、一年前に何が起きたのか、彼は真実からそれほど外れていない推測をするだろう。

視線を受け止めること数秒。相手はふと眼差しをゆるめ、ニッと笑った。

「その手紙を一刻も早く渡したいというから乗せたんだ。――ヘイ！」

ブレーマンが上村に呼びかける。

「手紙はどうした」

小屋の出入り口にいた上村は、思い出したように懐《ふところ》から封書を取り出した。

「廣川《ひろかわ》大使からです。今朝、ここに来ることを報告したときに預かりました」

受け取った偲は、封筒の表の文字を見つめる。急いで書いたのか、ややくずれがちだったが、アキの字だ。まちがいない。急《せ》く気持ちを抑えてゆっくりと封を剝《は》がす。

傍《かたわ》らでブレーマンが立ち上がり、床をきしませて離れていく気配がした。

『偲へ

正直に言って、手紙の書き出しが思い浮かばない。ちゃんと話をしないまま自分の都合で別れた私がどう思われているのか、あるいはもう忘れられたのか、どちらにせよ呼びかけるには勇気がいる。

この手紙は、あのときのことへの謝罪であり、そこに至る事情についての告白であり、そしてちょっと複雑な現状の説明と、最後にぜひとも頼みたいことについて書くと思う。伝えたいことが山ほどありすぎて長くなりそうだが、なるべく簡潔に書くつもりなので最後まで読んでほしい。

まず第一に、これが一番重要なことだが、偲に対する私の気持ちは、今もあの頃と少しも変わっていない。それをここではっきり言っておきたい。たとえ今、偲に他の恋人がいるか、あるいは結婚していたとしても関係ない。言葉にすると陳腐《ちんぷ》になってしまうが、私にとってはそれがたったひとつの真実だ。どうか信じてほしい。

にもかかわらず、私は最後まで本当のことを打ち明けることができなかった。

まず私は日本人ではない。そして私は人を殺したことがある。それも何人も、何十人もだ。相手は知らない人間ばかり。恨みも何もなかった。私が子供兵士問題に取り組んでいるのはその経験からだと言えば察してもらえることと思う。

つまり社会的に見ると私は人殺しであり、仕事柄《がら》今も日常的に武装集団と接触している人間であり、祖国のパスポートすら手にすることができない。そういう人間と付き合っているという事実は、遠くない将来、偲にとってマイナスに働く。そう考えて、一度離れることを決めた。それをあのときに言わなかったのは、もし素直に事情を話せば、偲を悩ませてしまうという確信があったからだ。

あのときの選択を今も後悔していない。いずれ自分がこの仕事において多くの人々に認められるようになり、詐称《さしょう》していた身分を本物にすることができたら、偲のもとに戻ろうと思っていた。そのあとですべての事情を話せばきっと理解してもらえる――ほんの数年のことだと、そう考えていた。

ではなぜ今になって急に、それを打ち明ける気になったのか。それにも事情がある。

私は今ビサワンにいる。この国でチャイルド・イン・ピースの支部を立ち上げ、二年ほどかけてその運営を軌道《きどう》に乗せたところだ。

そんな中、今年の二月にＢＡＬという左翼系武装組織に政治家が誘拐される事件があった。日本人も一人巻き込まれていたから、もしかしたらそちらの耳にも入っているかもしれない。

その際、日本大使館はどこからか左翼ゲリラにツテのある私のことを知り、人質解放に向けての犯行グループへの働きかけに協力してほしいと頼んできた。もちろん私は引き受けた。うれしかった。偲のいる組織、そして日本という国の役に立てることがひとつ。それから彼らが、私に日本国籍の取得を約束してくれたことがひとつ。

そう、少し前にはまったく想像もしていなかった成り行きで、私は本物の日本人になることができた。——正確には、なれると思った。その約束が多分に口止めの意味合いが強いものであったとしても。

とにかく私は、ツテをたどってＢＡＬとの接触に成功した。彼らが拠点としていた島へ行き、そこで私は数名の子供兵を見た。そしてその中に、日本人が一人交じっていることに気がついた。

名前は水上蓮《みなかみれん》。私が出会った時点で、つまり今年の二月には一四才だった。八歳のときに両親と共に誘拐され、それっきり戦力として組織の中にとどめ置かれているという。

少し話をして、私はレンが組織と完全には同化していないことを知った。多くの場合、武装組織に加わった子供は、厳しい訓練を通して組織の思想に染まり、帰属意識を強めていくものだが、レンの中からは両親を奪われた怒りと、そして自分の意志を力でねじ伏せられていることへの反発が失われてはいなかった。きっかけさえ与えれば自力で抜け出すことのできるケースだ。そう確信した私は、レンにある計画を持ちかけた。

つまり、私が日本政府から依頼されたのは、日本人の人質を助けることだけだった。私は身代金《みのしろきん》と引き換えにその解放をＢＡＬに約束させたが、まだ一一名のビサワン人が人質として残っていた。偲はどうだろう。一緒に監禁《かんきん》されている人質の中から、一人だけを連れて逃げることができるだろうか。私にはできなかった。なぜなら私も昔、似たような状況で一人だけ助けられていく人質を見送ったことがある。が、長くなるのでその話は割愛する。

私は何とか残りの人質も助けられないかと、米軍の友人に相談した。結果、彼は協力してくれるというので、私はその計画にレンを巻き込み、人質を救出させた。おかげで残りの人質も全員助けることができ、レンも組織から逃げることに成功した。

ひとつだけ予定外だったのは、計画の途中でレンがみんなとはぐれてしまい、行方《ゆくえ》がわからなくなってしまったことだ。しかし幸いなことにその後、マプアの路上で暮らしているあの子と再会することができた。一人で島から脱出したあと、近くの島まで泳いで渡り、そこから船に密航してマプアまで出てきたらしい。

私はあの子にまた会えたことがうれしくて、何でもしてやりたいと思った。勉強の機会を取り戻してやりたいし、戸籍についてもちゃんとしてやりたいし、安全に暮らすことのできる家を用意してやりたい。私が昔チャイルド・イン・ピースから与えられたものを、あの子にも与えてやりたかった。そう思って半年ほど世話をしたが、そんなときに仕事がらみで嫌な噂《うわさ》を聞いた。

BALの残党は、国軍の奇襲を受けたのが米軍のスパイのせいだったと知り、その相手を必ず見つけ出し報復すると宣言した、ということだった。おまけにそのスパイはレンだという。

何がどうなってそんな話になったのかはわからない。だがそれは関係者の中ではほぼ事実のように語られていて、さらにその情報網をもってすれば、私がどんなに注意したところでレンの居場所が知られるのは時間の問題だった。

私は左翼ゲリラの支援者と突き止めた相手に、スパイは自分だと吹き込んだ。それと同時に日本の大使館に助けを求めた。トラブルを抱えたままチャイルド・イン・ピースの中にとどまることもできず、かといって逃げてもまた禍根《かこん》を残す。

つまり私はＢＡＬから見えていながら手の出せないところ——端的に言えば治外法権に逃げ込み、姿を消そうと考えていた。だが大使館からの連絡はなく、昨日、左翼ゲリラの支援者からホームパーティーに招かれた。今夜だ。私は行かなければならない。

その前にひとつだけ頼みたいことがある。レンのことだ。あの子は七年前に起きた日本人一家の誘拐事件の生き残りだ。私のような戸籍の心配はないと思う。ＢＡＬとのトラブルは私のところで止めてみせる。あの子にまで余波が行くことは決してないと約束する。

だからレンを日本に帰してやることはできないだろうか。日本で勉強させて、将来の選択肢をもっと広げてやりたい。日本の子供が普通に受けられる恩恵を、あの子に与えてあげたい。

いきなりこんな手紙を受け取り、きっと混乱していることと思う。けれどどうか頼みを聞いてほしい。

私はずっと自分の過去を受け入れることができずにいた。他の命を犠牲にして自分が生き延びたことに、意味を見出そうと躍起《やっき》になっていた。でもレンと出会って、そこに答えを見つけた。あの子こそ私が生きてきた意味であり、私の未来だ。だから他でもない偲に預けたい。世界でいちばん大切で、信頼している相手に。

最後に。この手紙を読んで、もしかしたら偲は、自分や自分の属している組織を責めるかもしれない。だけどその必要はない。この世に完璧なものなど存在しない。理想も、完璧なシステムも、実在するものではなく、追いかけることに意味があるというのであれば、何に対しても私は決して失望しない。

これまで与えられてきたものに感謝して、自分のできる限りで私の運命に立ち向かおう。このことを手紙で、こんなふうに走り書きで説明しなければならなかったことだけが、残念といえば残念だ。できれば会って話をしたかった。いま目の前にあるあの頃の写真ではなくて、生身の偲にもう一度だけ会いたかった。

だけど、もう時間がない。このへんで筆を置くことにする。

たとえどんな結果になろうと、偲が自分を責めるようなことにならないように。レンの未来が輝かしいものであるように。私の大切な人達に、なるべくたくさんの幸せが訪れるように。世界中の虐《しいた》げられている人々に、そして子供達に、ひとつでも多くの救いがもたらされるように。

心からの祈りをこめて。

P.S.

今、レンが私の部屋に来た。何の手紙かと訊かれたので、いい機会だと思って日本行きの提案をしてみたら、怒って出ていってしまった。私に厄介《やっかい》払いされると思ったのかもしれない。

かわいそうだけど、いま真実を話すわけにはいかない。いずれレンに会ったら伝えてくれ。私がどれほどあの子を愛していたか。

雨が降ってきた。ひどいスコールだ。レンのこと、くれぐれもよろしく頼む。』

月守亜希《つきもりあき》

ひと息に読み終えた手紙を、手の中でにぎりしめた。

(なんてひどい手紙だ……)

まるで奔流《ほんりゅう》のように一方的な内容。おまけに雄々《おお》しく硬い文面には、読んでいるこちらのほうが顔を覆《おお》いたくなる。

総じて、どこまでも彼女らしい手紙だった。突拍子なく、力強く、思いやりにあふれ……目の前に迫った自分の運命よりも、遺《のこ》される者の心配ばかり。ありのままを懸命に綴《つづ》ったことが伝わってくる。

危機に瀕《ひん》して助けを求めるものでも、裏切られた悲憤《ひふん》をぶつけるのでもなく。手紙の内容をまとめてしまえば、要するにレンを頼むということだ。それに尽きる。

（アキ。君って人は……）

なぜもっと早く、彼女を捜そうと考えなかったのか。漠然《ばくぜん》と予想はしていたが、それでもこうして現実を突きつけられると、改めて後悔と無力感が身を焦がす。

救えなかった。結局何もできなかった。

知っていれば見過ごしたりはしなかったのに。どんな手を使っても、彼女を生きてこの国から連れ出したのに。――知ってさえいれば。

彼女がこんな追い詰められた状況にいたにもかかわらず、自分は何も知らず、日本で安穏《あんおん》と過ごしていた。それがどうにも信じ難い。

目元を指先でぬぐい、首をふる。

（レンが、許せないと感じたわけだ……）

せり上がる自責の念は、手紙の中の祈りを読んでなお絡みついてくる。息苦しいほど締め上げる。

なぜ、なぜ、なぜ――。

今ここで自分がどれほど苦しんだところで、起きた事実は覆《くつがえ》すことができない。そうわかってはいても、意識は答えの出ない問いに沈んでいこうとする。

しかし、暗渠《あんきょ》のような心の洞《ほら》に陥《おちい》りそうになった、そのとき。

「シノブ！」

突然、小屋の外から呼ばれ、ぎくりとして目を見張った。

（アキ……？）

自分を叱咤《しった》する彼女の声――そう思いかけ、首をふる。

そんなはずがない。

我に返った偲は手紙をたたみ、封筒に戻す。そこへ弾むような足音が近づいてきた。やがてレンが扉のない出入り口に立ち、身を乗り出すようにして訴えてくる。

「一緒に脱出した連中の中に、アキの埋められた場所を知ってるって奴がいた！　この近くだって！」

我知らず、掌中《しょうちゅう》の封筒をにぎりつぶした。

2

案内をしてくれたのは、エミリオという兵士だった。投降を呼びかけたとき、一番最初に武器を下ろした少年である。

「近く」というのは、この山を庭のように行き来している彼らの感覚でのことで、山中の、ほぼ道なき道を三時間近く歩いた末、偲達はようやくその場所にたどり着いた。

河原である。一〇メートルほどの幅の川の手前に、一面石だらけのスペースが広がっている。高低差がなく、対岸までよく見通すことのできる広々とした場所だった。

案内を申し出た少年達に、レンとトニー、そしてブレーマン。一定の訓練を受けた面々のペースに、わがままを押してついてきたものの、怪我人にはそろそろ限界だった。偲は這々《ほうほう》のていで、腰かけることのできそうな岩へ近づいていく。

しかし、ふいに発せられたエミリオの言葉に足を止めた。

「処刑された人間を埋める場所はいくつかあるけど、ここもそのひとつ。何人も埋められてる」

言いながら、彼は周囲の木々の根元を指さした。

「アキって人は、そのへんだったと思う」

それを聞いたレンが、いち早くそちらへ向かった。

よく見れば周辺の木の枝にはところどころ、風雨にさらされて汚れきったバンダナやら、シャツやらが結ばれている。

「印だ。死んだ奴が身につけてた物を、埋めた場所の上に置いておく。いちおうな」

偲の視線を追ったトニーが説明した。しかし、エミリオが指し示したあたりを、レンと一緒に歩いていたブレーマンは首をふる。

「墓標がないんじゃ、どれが何やら……」

その言葉尻《じり》に、はっきりとしたレンの声が重なった。

「これだ」

枝の一点を見つめ、彼は断定的に言う。その視線の先には、日の光を受けて輝く銀のブレスレットがぶらさがっていた。

偲は息を呑《の》み、そちらへ近づいていく。

「この十字架みたいなヤツ、アキがつけてた。間違いない」

「十字架じゃない。ケルトの編み模様だよ」

枝から取り外したブレスレットは、見間違えようもない。イギリスの骨董市《こっとういち》でアキに贈ったものだった。

シャベルを持ってきていたレンと他の少年達が、その下を掘り始める。わずかな時間ののち、一メートルほどの穴の底でレンの声が上がった。

思わず目をつぶる。

(ようやく見つけた――)

安堵《あんど》のあまり力が抜けた。手近な木に歩み寄り、背を預けて天を仰《あお》ぐ。

この国に来て、いろんなところに彼女の存在を感じた。

モレーニの温かいほほ笑みの中に。そしてレンのまっすぐな眼差しや、フレッドとレイチェルの絆《きずな》、ラパス議員の厚意の中に。

呼ぶ声を追い、ようやくここまでたどり着いた。

(ずいぶん捜したよ)

大変なときに助けてやれなかった。たとえ彼女が責めなかったとしても、偲はこの後悔をきっと一生負うことになるだろう。けれど彼女はそんな自分に、特別の贈り物を遺してくれた。一番の希望を。

視線を向けた先では、レンが嗚咽《おえつ》を漏《も》らし、涙を流してうちひしがれている。その姿を見つめているうち、心が決まっていった。

最後の最後であったとしても、彼女と関わることができてよかった。その死を知らないまま、何年も過ごすようなことにならなくてよかった。

そのための第一歩を示してくれたのは、レンだ。

（君の願いをかなえるよ、アキ。今度こそ決して失望はさせない）

彼女の希望を受け取ろう。――償《つぐな》いではなく、喜びとして。

それこそが、彼女が自分をここまで導いてきた理由であったのだろうから。

（だから……もう大丈夫。どうか安らかに――）

祈りを込めて、偲は背中を預けていた木から身を起こし、レンの傍まで歩いていく。そしてそこに腰を下ろすと――手にしていたブレスレットを、地表に横たえられた彼女の上に置いた。

――信じてる

そのとき、ふと首筋を撫《な》でた風に、懐かしい息づかいを感じたような気がして首をめぐらした。

暑気をかきまぜるようにゆるやかに通り過ぎた風は、木々の梢《こずえ》を揺らして山のほうへ消えていく。見上げた先に、黒い傷跡をさらす山腹が目に入った。

3

農村でののどかな時間もつかの間、マプアに戻るや、現実がどっと押し寄せてきた。

どう考えても職務を逸脱《いつだつ》している行動については、かろうじて無事に帰ってきたこともあり、上司や大使館のあずかり知らぬ休暇中の出来事として内々に処理されることになった。とはいえ過去の誘拐事件を掘り起こされ、偲の暴走を許した点において、廣川大使のキャリアに汚点《おてん》が残ることになるのはまちがいない。

左肩のケガの経過は順調だった。村から戻ったあの日、ヘリでの着陸ついでにブレーマンの友人だという軍医にかかったところ、手当がよかったようで特に問題はないと言われた。骨も内臓も傷ついてはいないため、銃創《じゅうそう》としては軽い方なのだという。

問題があったのはむしろ、腕に傷を負ったままほとんど治療らしい治療をせずにいたレンのほうだった。

かすっただけだから大丈夫だと思った、とは本人の弁だが、弾丸がかすめた際に周辺の肉がごっそり千切れていたらしい。その処置が雑だった上、偲の怪我やアキの遺体捜しなどで後まわしにしているうちに、雑菌が入ってしまったというのだ。

削れて生肉が見えたままの傷口が化膿《かのう》し、一面に厚い膿《うみ》が付着しているのを見たときは、偲のほうが卒倒しそうになった。

しかし当のレンはといえば、被覆した包帯の上から見てもわかるほどへこんでしまっている患部をよそに、治療が終わるや基地内を興味津々《しんしん》に歩いてまわるなど、元気なものだった。おまけに、少しブレーマンと話し込んでいる間にいなくなってしまった。

ゲートを警備していた兵士の言《げん》では、一人で帰ったという。

（まるで野良猫だ……）

その後モレーニ女史に電話で確認したところ、施設に帰ってきたとのことだったので、ひとまず胸をなで下ろした。これでは後見人として支えるのも楽ではない。

その女史はアキの死を知り、最初はひどく衝撃を受けたようだった。しかしひとしきり嗚咽を漏らしたあと、静かに言った。

『彼女は自分の守りたいものをすべて守った。……そういうことなのでしょう』

自分に言い聞かせるようなつぶやきを思い返しながら、偲は駐車スペースに駐《と》めた車から降りる。

マプアに戻って三日目の午後、偲はチャイルド・イン・ピースの施設を訪ねた。

クーデター騒ぎはまだ落ちついておらず、非常事態宣言も解除されてはいない。それどころか、メディアへの情報統制も始まった。メンツを保ちたい政府によって報道は操作され、また当の政府も完璧には事態を把握《はあく》しきれていないようだ。

そんな混乱の中、偲の勧めに従って獄中のラパス議員と接触した上村は、多くの貴重な情報を得たという。

日本大使館内どころか、各国の大使館関係者が集う外交官サークルの中でも大いに株を上げたと、昨晩の電話では昂奮《こうふん》を隠しきれない様子だった。

当事者として一部始終を目《ま》の当たりにした偲にも、帰国を控え、やるべきことはいくらでもあった。その仕事の合間をぬってここへ足を運んだのは、トニーを始め、ここに預けた子供達の様子を見がてら、きちんとモレーニに挨拶《あいさつ》をしたかったからである。

しかし出入り口から中に入って行ったところ、迎えに出てきた女史は、挨拶もそこそこに弾む声で言った。

「ちょうどいいところに来たわ」

「何ですか?」

「少し前にミハルが立ち上げたプロジェクトがあるんだけど、その話がテレビ局の耳に入ったようでね。今取材が来てるのよ」

「それはすごい」

「小さなローカルのチャンネルだけれど……。こっちよ」

うながされて後ろに続き、ついでにトニー達について訊《たず》ねたところ、女史は肩をすくめる。

「まだ来たばかりだもの。これまでとちがう生活とルールに戸惑ってるわ。でも大丈夫。あの子達は自分から足を洗おうと考えたんだから。そのうち慣れるわよ」

「そうですね」

並んで歩きながら相づちを打つ。すると女史はふいに「それより……」と心配そうに眉を寄せた。

「レンから聞いたけど、ずいぶん無茶をしたそうね。仕事をクビになるかもしれないらしいって、あの子が心配していたわ」

「レンが……？」

自分が彼を心配するのは当然として、逆があるとは思わなかった。感心していると、モレーニがヒジャブに包まれた顔で詰め寄ってくる。

「本当なの？」

「今のところ首の皮一枚でつながってます。大丈夫ですよ」

軽く返すと、彼女は小さく息をついた。

「もしクビになっても気を落とさないで。ぜひウチにいらっしゃいな。レンのためにゲリラの基地に乗り込んでいったあなたなら、いい即戦力になりそうだわ。……危機管理については、うんと研修を受けてもらわなければならないけれど」

最後の一言には苦笑するしかない。

そして案内された会議室には、チャイルド・イン・ピースのスタッフ達が集まっていた。

その周りをカメラを担いだテレビ局のクルーが囲んでいる。

部屋の前方では美春《みはる》が、流暢《りゅうちょう》なビサワン語でブリーフィングをしていた。傍らに置かれた黒板には、「子供達への農業訓練プロジェクト」と書かれている。

彼女が考えたプロジェクトとはつまり、この施設で職業訓練を受けている子供達の中から、希望者に農村での生活を斡旋《あっせん》し畑仕事を体験させるというもののようだった。若者が都会に出稼ぎに行ってしまい、人手不足が深刻な農村との協力体制を築いて、子供達がその生活になじめるよう最大限のケアをしていこう——。

溌溂《はつらつ》と説明をつづける美春と、うなずきながらそれに聞き入るスタッフ達。その姿を見ながら偲は傍らのモレーニに囁《ささや》いた。

「これ、彼女が考えたんですか？」

「そうよ。自分であちこち出かけていって調べたみたい。農村のほうでもとても乗り気なの。といっても、畑仕事では日銭を稼ぐのが難しいから、飽きっぽい子供達に対してどこまで有効かはわからないけど……でもやってみる価値はあるわ」

「定着するといいですね」

「本当に。都市部には仕事が少ないから、社会復帰プログラムだけでは追いつかずに、いつも苦労しているのよ。何とか軌道に乗せたいわ」

彼女の言葉にうなずき、その場の様子をカメラに収めるテレビクルーに目をやった。

ビサワンの子供達のために働く美春の姿は、日本の顔として現地の人々の胸に刻み込まれるはずだ。千の言葉を尽くすよりもずっと確実に。

　プロジェクトについて話し合うスタッフ達を眺《なが》めるうち、たまっている仕事が頭をちらつき始める。近くの時計に目を移したとき、横にいたモレーニ女史がほとんどくちびるを動かさずに訊ねてきた。

「……ラパス議員のこと、あなたの耳に入ってるかしら？」

　相手の言わんとするところを察し、同じく声をひそめて返す。

「噂程度なら」

「知ってるならいいの。近いうちに、間違いないわ。言っておくけど支援者はロウソクに火を灯《とも》しただけ。それを大きくするのは人々の意志の力よ」

「武器など持たなくても、世の中を変える方法はあるということでしょう」

　上村から噂を耳打ちされたときに感じたことを告げると、彼女はほほ笑みと共にうなずいた。そして会議室を出たところまで見送ってくれる。

　挨拶を交わしてその場をあとにすると、足早に車に向かった。少し寄るだけのつもりだったが、だいぶ時間がたってしまった。

　そう思い、さらに足を速めた、そのとき。

「シノブ！」

　背後からかけられた声にふり向くと、レンが走って追いかけてくるところだった。手にはアキから偲に宛てた、例の手紙がにぎられている。

足を止めたこちらに追いついて、少年は封書を差し出してきた。

「これ、返そうと思って……」

「全部読んだ？」

受け取りながら尋ねる。レンはしばらく難しい顔をして黙り込んでいたが、やがて不本意そうにため息をついた。

「漢字が多くてあんましよくわかんなかった……。でも、オレが思ってたみたいな、助けてくれっていう感じじゃなかった……と思う」

難しい顔での答えに、偲は軽く笑った。

「日本で勉強するといいよ」

そして手紙をひらひらさせる。

「レン。僕はもうすぐ帰国する。どうだろう、この中にも書かれているけど――一緒に来ないか？」

それが彼女の望みだということは伝わっているだろう。しかし少年は悩む顔をくずさなかった。

やああってもそもそと口を開く。

「……オレ、ここが好きだ。モレーニには助けてもらったし、ミハルもこれから大変な仕事をするって……。仲間もいるし、オレはみんなのために働きたい」

「この国では学べないことを日本で学んで、また戻ってくるって手もあると思うけど……」

「――――」

「もちろん無理にとは言わない。好きにするといいよ」

考え込んでしまった相手に、偲は腰をかがめて視線を合わせた。

「ただこれだけは覚えておいてほしい。その手紙の中でアキは、君のことを頼むって何度もくり返している。僕はその希望に応《こた》えたい。残念ながら僕はこの国にとどまることはできないけど、それでも君にとって一番頼れる人間でありたいと思う。だから、何か困ったことや助けが必要なことが起きたら、かならず相談してほしい」

レンは、それをどう受け止めていいのかわからなかったようだ。困惑を交えて曖昧《あいまい》にうなずく。

「実際、こんなこと突然言われても困るよね」

車までたどり着いた偲は、車の鍵を開けながら何気なくこぼした。

「昔っから彼女はわりと突拍子のない性格で、ふりまわされることも多くてさ……」

するとレンが、即座にうなずく。

「わかる。何をするにも、すげー大ざっぱだったからフォローが大変だった」

打てば響くような反応が意外で、ドアを開ける手を止める。

「……おまけに筋金入りのリアリストなんで、デートのときに色々演出しても、ムードもへったくれもなくて」

「大笑いをするとき両手をたたく癖があったけど、チンパンジーみたいだった」

「酒癖も良くなかったから、人前ではなるべく飲ませないようにするのが大変だったな。そういえば」

「そうそう！　またしちゃ騒ぎを起こして、自分だけさっさと酔いつぶれるとか……」

些細《ささい》な思い出を記憶の中から取り出しては、お互い心当たりのあることに顔を見合わせる。

噴き出したのはどちらが先だったか。レンが声を立てて笑った。その手首には、銀のブレスレットがついている。形見が欲しいとがんばり、手放そうとしなかったのだ。

何よりもアキを大切にしている彼だから、起きたことのすべてを過去にするには、まだ時間が必要だろう。それでも心の中のしこりを、少しずつ溶かそうとしている。

初めて会った際、あんなにも無愛想だった少年と、こうして笑い交わしているのだ。

いまはそれだけで充分なように思えた。

エピローグ

飛行機の機内で流れたＢＢＣのトップニュースに、乗客達からざわめきが上がった。テロップには『ビサワンで無血クーデター』と出ている。

報道によると、サミットへ出席するため大統領が留守にしていたマプアで、大規模なデモが発生。民衆が刑務所へなだれ込み、ラパス議員を解放させて大統領府であるマラカヤン宮殿へと連れて行ったという。

アナウンサーの読み上げるニュースにかぶせるようにして、デモ隊の中を歩くラパス議員と、彼を守るように幾重《いくえ》にも取り囲む人々の映像が、くり返し流された。

偲《しのぶ》はそのＶＴＲの途中でイヤホンを外す。

ビサワン人の乗客達は皆、周囲と言葉を交わしながら、食い入るように小さなモニターを見つめていた。その騒ぎをよそに、隣の席の少年は頭から毛布をかぶって寝ている。

そんな姿にひとつほほ笑みをこぼすと、偲はノートパソコンのキーボードに指を走らせ、意識を仕事に戻していった。

主要参考文献

『ぼくは13歳　職業、兵士。　あなたが戦争のある村で生まれたら』（鬼丸昌也＋小川真吾、合同出版）
『フィリピン新人民軍従軍記』（野村進、講談社＋α文庫）
『外交官の仕事』（河東哲夫、草思社）

※この作品はフィクションです。実在の人物・団体・事件などにはいっさい関係ありません。

集英社オレンジ文庫をお買い上げいただき、ありがとうございます。
ご意見・ご感想をお待ちしております。

●あて先
〒101-8050　東京都千代田区一ツ橋2-5-10
集英社オレンジ文庫編集部 気付
ひずき優先生

推定失踪
まだ失くしていない君を

集英社
オレンジ文庫

2019年3月25日　第1刷発行

著　者　ひずき優
発行者　北畠輝幸
発行所　株式会社集英社
〒101-8050東京都千代田区一ツ橋2-5-10
電話【編集部】03-3230-6352
【読者係】03-3230-6080
【販売部】03-3230-6393（書店専用）
印刷所　大日本印刷株式会社

※定価はカバーに表示してあります

ISBN 978-4-08-680243-7 C0193